まっすぐな地平線

森島いずみ

偕成社

まっすぐな地平線

装画…………………はぎのたえこ
ブックデザイン………矢野のり子(島津デザイン事務所)

1

ジージージー…ジジ…ジジ…ジ……

マンションの中庭にある公園の木々からわきあがるアブラゼミの声が、急にやんだかと思うと、ポツン、ポツン、大粒の雨が落ちてきた。

「げっ！　やば……」

洗濯物おねがいね、というかあさんの言葉を思いだし、ぼくはひまつぶしにめくっていた「少年ガンバ」を投げだし、ベランダへ走った。

登場人物のセリフをぜんぶ暗記するくらい何度も読んで、ばらんばらんにくたびれて紙があばれている「少年ガンバ」は、再三投げだされたあげく、トドメの一撃をうけて壁に激突。背表紙を天井にむけて、ばっさりと床の上につっぷした。

マンガでもパラパラめくる以外、時間のつぶしようがない夏休みがはじまって、三日目のことだった。

とうさんのいた去年までの夏休みとちがって、海にも山にも行く予定なんてなかった。春、ぼくが六年生になるのと同時に、とうさんとかあさんは別々に暮らすことになり、けっきょく三人で住んでいたマンションの部屋からとうさんの姿が消えた。

しばらく別居する、ということをぼくに告げたのはとうさんだった。「すまないが」と前置きをして、とうさんとかあさんは考え方や生き方がちがうんだとか、こんなはずじゃなかったんだとか、何度も話しあったんだとか、ありきたりな言いわけを、ジェンガでも積むみたいに注意ぶかく積みあげて、最後に「とうさんは出ていくことにした」というひと言が告げられ、ぼくの家族は表面上崩壊したわけだ。

もっとも、とうさんは写真家で、ふだんから海外に撮影旅行に出ていることが多く、家にいるほうがめずらしかった。それでも、いそがしいとうさんも夏休みに一度くらいは家族サービスのために時間をやりくりして、みんなで遠出をしたものだった。

けれど、もうそんな、平和でるんるんな夏休みなんて二度とやってこないのだ、と、ぼくは何度も自分にいいきかせる。

出版社につとめているかあさんは、もともと「いそがしいったらもう」が口ぐせだったが、まえにもましてカリカリ表情をとがらせている。夜おそく家に帰ってもパソコンにむかうか、原稿を読むかばかりで、ぼくをかまう余裕などないようだ。

かあさんの帰りがおそくて夕飯がコンビニ弁当になってしまうこともめずらしくない。「ごめんね」と、そんなときかあさんはいうけれど、正直、ピリピリした空気の中で、イライラしながら手作りをした夕飯を食べるより、買ってきたコンビニ弁当を食べるほうがよっぽど気が楽だと思う。

息がつまりそうな毎日。

エアコンのきいた部屋からベランダへ出ると、むっとするような湿った空気が首のまわりにまとわりついた。

「やってらんない……」

つぶやいて、ぼくはサッシ戸をいっぱいにひらいたまま、物干しから次々に洗濯物をむしりとって、部屋のカーペットの上にポンポンと投げいれた。

そして最後に、かあさんの、大きな赤いシルクのハンカチを洗濯バサミからはずしたときだった。

「うわっ……！」

なまぬるい突風が、ぼくの手からハンカチをもぎとった。薄いシルクのハンカチは、ふわりと大きく空中を舞って、ひらひらひらひら、赤いクラゲのダンスみたいに風に踊らされながら、下の公園に落ちていった。

「あーあ。もうっ！　まったくついてないっ！」

ぼくは深くため息をついてから、どかどかと玄関に直行し、乱暴にサンダルをつっかけてドアから外に出た。

けれど、もっとついてないことに、エレベーターで八階から一階へおりているあいだに、雨はみるみる本降りになってしまった。

公園で遊んでいた親子が、突然の雨からのがれ、あわててマンションのホールへかけこんできていた。公園のベンチやブランコを荒々しくたたく大きな雨粒。

こんな雨の中じゃあ、ハンカチなんかさがせないし、だいいち、どのへんに落ちたかだってよく見てなかったと、ぼくはうかつな自分に腹をたてながら、ポーチまで出てはみたものの、けっきょくハンカチを拾うのはあきらめた。

そのときだった。

郵便配達の赤いバイクが、キキキキッというブレーキ音を鳴らして目の前にとまった。

重たそうな黒いバッグをさげた配達員のおじさんがバイクをおりて、

「いやあ、まいった、まいった」

とつぶやいた。それから宛名の部屋番号とポストの番号を注意ぶかく確認しながら、郵便物をひとつひとつ、スチール製の郵便受けにすべりこませていった。

うちの部屋番号は８０３。ぼくは８０３の郵便受けに手紙やはがきが落とされるのを、じっと待った。

８０２号室の郵便物が、ポストの底に、ストンと落下した。

次はうちだ……、と身をのりだしたとき、ぼくはおじさんの手の中に、赤と青の縁どりの、エアメールがあることに気づいた。

撮影旅行先からの、とうさんからの手紙かもしれないと思った。

ところが、配達員のおじさんは、手の中のエアメールの表書きをじいーっと見つめて、それから首をひねった。不思議に思ったぼくは、おじさんの背中ごしに声をかけた。

「あの、803に住んでる者ですけど……」

おじさんは、宛名とぼくの顔を交互にのぞきこむようにして、いった。

「田村悠介さんは、きみのおとうさん？」

「ぼくが、田村悠介です」

「そうか、そうか。じゃあよかった。ほら、雨のせいでこんなに字がにじんでいるんだ。いまどき水性の万年筆で書かれている宛名なんて、そうそうないからね。それこそ、外国からの郵便でもなけりゃ……」

おじさんは、そういってぼくにエアメールの封筒を手わたした。

にじんでしまった青い水性インク。右肩あがりの、くせのある字。とうさんの字じゃないけれど、見おぼえのある字だった。

「ミンミンだ……」

裏返して差出人を見る。

中華人民共和国　北京市海淀区青魚胡同
王　明明

「やっぱり……」

ぼくの記憶は三年前の夏にまでさかのぼり、はじめて行った北京で出会ったミンミンの、大きな笑顔がよみがえった。

ミンミンからのたよりは、正月に送られてきた、赤と金色のド派手な年賀カードが最後だった。

ぼくはといえば、冬休み中から身のまわりのことをやる気がなく、年賀カードの返事すらだしていなかった。

2

ぼくがとうさんの撮影旅行にくっついて中国の北京に行ったのは、三年前の夏休みだった。かあさんは出版社に再就職したばかりで毎日が戦争のようだったし、ぼくは当時まだ三年生。

「夏休みのあいだ、ずっとひとりで家に置いておくよりは、オレが撮影につれていくよ。なあに、おとなりの中国だ。飛行機でたったの四時間だよ」

とうさんがそういいだしたとき、

「そうはいっても外国は外国。中国だって、いまどきなにがあるかわからないし、言葉は通じないし、食べ物だって合わないかもしれないじゃない」

かあさんがそういって反対したのをまだよくおぼえている。でもけっきょく、とうさんの主張が勝ったのだった。

いまにして思えば、かあさんの心の底には、家事や子どもの世話がじゅうぶんにできていないという申しわけなさもあったのだろうが、ぼくにとって、行き先はハワイの青い海のほうが魅力的であったにせよ、とうさんとふたりの初の海外旅行にわくわくしたものだ。

それに、とうさんが写真を撮りにいく国といえば、アジアの小さな貧しい国や、アフリカの、どこにあるかすらわからない国なんかが多かったから、中国というのは海外旅行初心者のぼくにとって、じゅうぶんに近くてわかりやすくて、ありがたいくらいだった。

それでもかあさんは、ありとあらゆるハプニングを想定し、ぼくのバッグにすごくいろんなものを入れようとした。インスタントラーメンとか、水の浄化薬とか、薬屋がひらけそうなほどの薬とかだ。

でもけっきょく、出発直前になってとうさんは、かあさんが準備したものを「ほんとうに必要なもの」と「ほんとうは必要ではないもの」にきっぱり分けて、「ほんとうは必要ではないもの」は、置いていくことになった。

そもそも、よく考えてみればそんなことのひとつひとつだって、かあさんを追いつめていくのにじゅうぶんだったんじゃないかとぼくは思う。とうさんだって、心配性のかあさんが買いそろえたものを、無駄になるとわかっていても持っていったってよかったんじゃないか。せめて、ぼくの大好物のカレーヌードルとゲーム機くらい荷物の隅にしのばせたってよかった。それが思いやりってもんじゃないのか。

でも、そのことについてぼくはなにもいわなかったし、だいいちいえなかった。とうさんにはなにか強い信念があって、だからこそ貧しい国の人びとの写真を撮ってきたのだし、その信念の強さは、内気なぼくの目には、絶対的に大きく正しいものとして映った。

豊かになった日本人がなくしてしまったものをじっと見つめるとうさんの生き方は、かっこいいし、ブレがなかった。

そんなとうさんといっしょに、はじめてぼくは成田空港から出国したのだった。縦長のリュックサックの中身は、洗面用具や着替えがほとんどで、貴重品用のウエストポーチをのぞけば、はじめての海外旅行にしては少なすぎるほどの荷物だったが、とうさんはそれでじゅうぶんだと判断したのだ。

北京国際空港におりたったぼくは、かなり緊張していた。なんたってはじめての外国。でもとうさんの表情は、日本にいるときより、生き生きして見えた。とうさんはきっと、中国が好きなんだろう、とぼくはぼんやり考えた。空港ですれちがう人びとをなにげなく目で追ったり、銀行でお金を中国元に交換したりしながら、とうさんは水を得た魚のようにうれしそうだった。

北京のまちは、高層ビルが立ちならんでいて、予想していたよりもずっと近代的だったけれど、とうさんは、市内の中心にある豪華なホテルを選ばなかった。

「あんなきれいなホテルに泊まったって、日本となんにも変わりはしないよ。そんなの、つまんないだろう。せっかく外国にきたんだ。カルチャーショックをどしどし受けるべし」

そういってとうさんは、空港から、自分が何度か泊まったことのある郊外のホテルへ直行した。緑苑賓館という宿だった。

そのホテルは、古かったけど、静かで清潔だった。公園のように広くて緑豊かな敷地には、近所の人たちが自由に出入りしていて、朝夕は、何人か集まって太極拳をやっていたり、おじいさんが竹製の鳥かごを手にさげて散歩していたりした。

部屋の水道はお湯の温度調節がうまくいかなくて、シャワーを浴びていると急に水になったり、水洗トイレが詰まったりしたけれど、そんなことがあるたびにとうさんは、

「日本がなんでも整いすぎているんだよ」

と、笑った。

中国に着いて三日目の朝早く、ぼくはホテルの庭へ出てみた。

窓から見える朝の木立の空気が気持ちよさそうで、外に出てみたくなったのだ。とうさんはまだ、ゴーゴーといびきをかいて寝ていたから、起こさないようにそっと、ひとりで部屋を出た。

北京というところは、緯度から想像するととても涼しいはずと思われるのに、日中はかなり気温が上がる。ぼくの住む千葉の海辺のまちよりずっと暑いくらいだ。

かあさんが、偽物じゃないことを強調しながら買ってきたアディダスのTシャツを着て、ホテルの敷地というよりは公園のような雰囲気の中を歩いていくと、太極拳をしている数人のグループを見つけた。

グループ、といっても白髪のおばあさんや禿げ頭のおじいさんたちの集団だ。

ラジオ体操をするときのように、お手本になる白いひげをはやしたおじいさんがひとり、みんなのほうをむいて、ゆるゆると手足を動かしている。ぼくもテレビで何度か見たことはあったけれど、腰を落とした姿勢でゆっくりと動作をつづけるその集団の空気は、いかにも大陸的でゆったりしていて、緑濃い朝の大気に溶けこんでいた。

ぼくは、お手本のおじいさんのわきの柳の木の下の、石のベンチにすわった。

あまりじろじろ見るのも気がひけたので、ランニングをしている人や、自転車を押して歩いている人に目をやりながら、ときどきチラチラと太極拳集団に視線を投げていた。

太極拳というのは、ラジオ体操みたいに、どうやら、何分かの区切りで一セットになっているらしく、動いてはすこし休み、また動くということをくりかえしている。

ひと区切りついて、みながなにかしゃべりだしたので、ぼくはなんとなく注意をそらしたくて、太極拳集団と反対のほうをむいた。広いホテルの敷地には、さまざまな人たちが、それぞれの朝の日課をこなし、その人びとの遠くむこう側に、うすくけむった北京の中心地の高層ビルの群れが、草原につどうキリンの群れのように見えた。

そのときだ。

「あ、あなたは、にほんじんですか？」

突然、背中に飛んできた声に、一瞬、頭の先から足の先まで鳥肌がたってしまった。ふりかえると、黒くて太いフレームのメガネのむこうに、大きな目をいっぱいにひらいた中年女性が、顔じゅうで笑ってぼくを見おろしていた。

「にほんじんですか？」

くりかえし聞かれて、

「は、はい」

こくこくと、すばやく数度うなずいてみせた。

中年女性の顔は、それまで以上にぱっとかがやいた。

「あー。わたしは、にほんごを、べんきょうしています。おう、めいめいといいます。おうは、おうさまのおう。めいめいは、あかるいというじを、ふたつ、か、かきます。中国語ではミンミンです」

「は、はい」

いきなりの自己紹介なので、どう言葉を返していいかわからなかった。ぼくも自分の名前をいえばいいのかもしれなかったが、あまりに突然のことで、心臓がバクバクして、うまく言葉が出てこない。

それがミンミンとの出会いだった。

「わたしたちと、いっしょに、うんどうしましょう」

ミンミンはいった。

うんどう？

ぼくは、ミンミンのいっている運動がなにを指すのかピンとこなかった。

「からだに、いい、うんどうですよ」

　ミンミンは、もういちど確認するようにニッと口のはしを持ちあげて、太極拳集団のほうをツンツンと指さしてみせた。

「う、うっそ」

　ぼくは、小さく小さくつぶやいたつもりだったが、

「うっ、うそではありませんっ」

　ぼくのつぶやきをしっかりと真にうけたミンミンは、すこし大げさすぎるほど、ぶんぶん首を横にふった。

　ここで、親が待っているからとか、朝食の時間だからとか、うまく逃げられればよかったが、ぼくは日ごろからそんなふうな機転がきかない。いつだって、あのときこうすればよかったと後悔ばかりしているタチで、おどろいたときなんかはとくに、人の言いなりになってしまう。

　このときも、そうだった。

「さあ、いきましょう」

さっそうと手をひかれて、気がつけばミンミンといっしょに太極拳集団のうしろに立っていた。

小休止のあいだに、おしゃべりというには大きすぎる声で談笑していた老人集団が、いっせいにふりかえってぼくに視線をむけ、なにかしゃべった。

「◎◆÷☆○■★○Д▼！」

なにをいわれているのか、ぜんぜんわからなかったけど、老人集団にむかってミンミンは中国語でなにか説明した。そしたら、お手本の白ひげのおじいさんのするどい視線が、ぼくをめがけて一直線に飛んできた。

このとき、ほんとうに心の底から後悔した。からだを動かすよりまえに、全身から汗がふきだし、とうさんの寝ている部屋にむかって、一目散に逃げだしたい衝動にかられた。

ぼくはもともと運動オンチで、体育は苦手だ。かあさんがアディダスのTシャツなんか買ってくるから、運動好きだと思われたかもしれないじゃないか、と、スポーツメーカーのTシャツがうらめしくなった。

でも、もう、おそかった。

もともと太極拳集団は、ゆるやかに不思議なオーラを放っていたが、その一団のはじっこに立ち、そのオーラにすっぽりと取りこまれてしまったぼくには、言いなりになるという選択肢しか残されていなかった。

となりに立ったミンミンは、大まじめな表情で両手を胸の前に合わせ、片足のかかとを斜め前方に投げだしたと思うと、呼吸をととのえ、ゆるゆると長い腕を動かしはじめた。

観念したぼくは、おずおずとお手本のおじいさんの動きをまねて、ぎこちなく手足を動かした。

重心がさだまらなくて、ゆらりと大きくからだがかたむく。

足がもつれて、あっちにいったりこっちにいったり。

スローモーな手の動きも、どうにもかっこうがつかなかった。手と足の動きがバラバラになる。

ぼくが手足を動かすたびに、手本のおじいさんの視線がぐっとけわしさを増し、その食いいるような視線にがんじがらめにされて、金縛りにあっているみたいだった。

超スローモーション。

ゆっくりした動きは、思いのほか苦しくて、ぼくの息はまたたくまにあがり、顔はゆでたてのタコみたいにまっ赤になってしまった。

そこにまたまた突きささる、白ひげのおじいさんの研ぎすまされた刃物のような視線。

——も、もうダメだ。もうダメだーっ!

このさい、カンフーのコメディーみたいに、「アチョーッ」と威勢よく叫びながら、ジャッキー・チェンのとび蹴りのまねをして、張りつめた空気を一気に抜いて、そのまま一目散にホテルの部屋まで走ろう！

そう決めたのだ。

ぜったいそうする！

わるいけど、もう、が、がまんができない。心の中で「せーの」と勢いをつけて、行動にでるのだ。さあ、いくぞ、悠介！

「せーーーーーのっ」

ところが、とび蹴りをするのと同時に、ふう、とみなの腕が胸元のもとの位置にもどり、一セットが終わりをむかえたのだった。

くらっと、めまいがした。

混乱したぼくを、しかし、老人集団はそっとしておいてはくれなかった。

「◎☆●☆÷◆△%#?」

まさに興味しんしん。外国人をはじめて見たみたいに、責めたてるような理解不能な中国語がガンガン飛んでくる。

たじたじになったぼくに、ミンミンは、老人たちの矢つぎばやな質問を、初級の日本語で、ひとつひとつ、いっしょうけんめい通訳した。

「日本人か」

「なにをしに北京にきたのか」

「中国ははじめてか」

「太極拳は好きか」

「何歳か」

「パソコンはできるか」

「日本の物価は高いか」などなど。

質問ぜめ、というのは、まさにこういうことをいうのだと思えるくらい、それは正真正銘の「質問ぜめ」だった。ぼくはしかたなく、できるだけ短い言葉でぼそぼそと答えを述べた。

「はい」

「おとうさんの仕事で」

「はじめてです」

「わからない」

「九歳」

「できない」

「高い」というふうに。

老人たちはやがて、ひととおりいいたいことをいって気がすんだのか、思いおもいの方向へ、ブラブラと帰っていった。

もみくしゃになってぐったりしてしまったぼくに、ミンミンは「疲れましたか」と聞いた。とうぜん疲れきったぼくは、今度はきっぱりといった。

「疲れました」

ミンミンは、メガネのむこうの目じりを思いきりさげて大きくうなずき、そしてまたひまわりのような笑顔にもどると、

「でも、あしたの朝また待っています」

ぼくたちは握手をかわした。

3

その朝の出来事は、とうさんをずいぶんよろこばせた。

「あしたから毎日行ってこい」

おかゆに、豆腐の漬物みたいなのをまぜて、いきおいよく胃袋に流しこみながら、とうさんは笑った。その豆腐は、塩辛いのとくさいのとで、とてもぼくが口にできるものじゃなかった。

「太極拳はもういやだ」

ぼくは、平皿に積まれた長細い揚げパンを手に取ってかじりながら、ぼそっとつぶやいた。

「太極拳は遠慮して、ミンミンさんとおしゃべりをしてくればいいじゃないか。日本語を勉強しているんだったら、会話の練習になるし、悠介もすこし中国語を教えてもらえばいい。せっかく中国にきたんだから中国の人と知りあっておくのはいいことだよ。そうだ。じゃあこうしよう。あしたはとうさんもいっしょに行って、ミンミンさんに会ってみる。それならいいだろ」

ぼくは、パンの油がくっついてテカテカした指を、ピンク色の紙ナプキンにこすりつけながら、しぶしぶうなずいた。

その日は万里の長城へつれていってもらった。煉瓦で積まれた巨大な壁が、山々の果てまでつづく景色に圧倒されて、ぼくは言葉も出なかったが、とうさんは何度かきたことがあるらしく、とくべつ感動したふうでもなかった。

とうさんの興味の対象は、観光地よりも北京郊外の農村にむけられていた。雇ったタクシーを途中の農村でとめて、麦畑やトウモロコシ畑の風景と、そこで農作業をする人を写真に撮るとうさんの顔は真剣そのもので、ぼくがいっしょにいることすら忘れてるんじゃないかと思うほどだった。

翌朝、ぼくたちは六時にはホテルの裏玄関から出て、ポプラや柳の木の中を、ゆっくり歩いた。

ミンミンはもう石のベンチにすわっていた。

けむったような空から降ってくる生まれたての太陽からの白い日ざしは、日本語のテキストを読んでいたミンミンの黒縁メガネを光らせている。

「おはようございます」

とうさんが声をかけると、ミンミンはテキストから目をはなし、ぼくたちを見あげて、とてもうれしそうに笑った。

「王明明です。中国語で、ワンミンミンです」

「田村悠介と父です。きのうは息子が太極拳に混ぜてもらったようで、ありがとうございました、ミンミンさん」

「ミンミンでいいです。タムラユースケは漢字でどう書きますか？」

とうさんは、ポケットからメモ帳をひっぱりだすと、「田村悠介」と書いてミンミンに見せた。中国語は筆談であるていど通じるから便利なのだといって、とうさんはいつでもメモ帳を持ちあるいていた。

ミンミンは、「ティエンツンヨウジエ」と田村悠介を中国語で読み、テキストの余白に「田村悠介」と、右肩あがりの角ばった字でメモすると、

「わたしは、日本語を勉強しています。会話の練習をしたいです。わたしと会話してください。いつまで、北京にいますか」

「北京には八月十八日までいます。悠介は、朝六時にここにきますから、いろいろ話をしてください」

とうさんは、ぼくの同意も得ずに、ミンミンと約束をかわしてしまった。

「でも、太極拳は、ちょっと……」

「？・？・？・」

「太極拳」という日本語がミンミンに伝わらなかったことに気づいたが、ぼくも太極拳という漢字は読めても書けない。

「とうさん、太極拳って書いて」

たのんで書いてもらったその漢字に、ぼくは大きくバツ印を重ねた。

「オー！　アイヤー！」

ミンミンは声をあげ、そして大きくうなずきながら、ずいぶん長く笑っていた。

ぼくとミンミンの朝のおしゃべりは、その翌日から帰国前日までつづいた。テキストを暗記して、くりかえし練習するときもあれば、思いついた話題でかんたんな会話をすることもある。

ミンミンは、ぼくの話す日本語を熱心に書きおぼえ、テキストにないフレーズは、何度も何度もくりかえし練習した。

ミンミンがあまりに熱心なので、寝坊をしたい朝があってもぼくは、寝ぐせのついた髪の毛のまま、頭をぼりぼりかきながら、顔も洗わずに、ミンミンの待つベンチへ急いだのだった。

とうさんが撮影に集中できるようにと、仕事が休みの日にはミンミンが、ぼくをつれて北京の中心に近い天壇公園や故宮博物院へ案内してくれた。

北京市内はどこも人がいっぱいで、バスの中なんかはぎゅうぎゅうに混んでいて息をするのも大変だったけど、何度か乗るうちに慣れてきて、ぼくも人びとに押されてもみくちゃになりながら、最後は自分で切符を買えるようになった。

ミンミンは、おぼえてきた日本語をいっしょうけんめいつかって案内をした。だからぼくも、北京の名所の歴史を大まかにとうさんに説明できるようになった。

そして、日本に帰る前の晩、ミンミンはぼくを自分の家の夕飯に招待したいといった。とうさんは、

「中国料理いろいろあるけど、北京の家庭料理はいちばんおいしいんだぞ。とうさんもいっしょに行きたいけど、あいにくフィルムの整理が終わっていないか

ら、ひとりで行ってこい」
と、手を休めなかった。
「悠介、とうさんはもう二十年ちかく、ひとの写真ばかり撮ってきたんだ。ファインダーをのぞいて顔を見れば、そのひとがどんなひとか、だいたいわかっちゃうんだ。ひとの顔というのは、それほど正直なものさ。ミンミンさんみたいにいい顔をしているひとというのもめったにいないから、じつは何枚か写真を撮らせてもらったんだよ」

　夕方、ミンミンがホテルまでぼくを迎えにきた。ホテルに近い、古い街並みの胡同（路地）の一角にミンミンの家はあった。家は煉瓦造りで、台所に古いかまどがある。テレビや冷蔵庫、そのほか家電製品はひととおりそろっていた。

　ミンミンの手料理は、豪華じゃなかったけど、どれもほんとうにおいしかった。とりわけぼくが気にいったのは、小麦粉を練ってつくったクレープみたいな薄くて丸い皮に、好きな炒め物をつつんで巻いて食べるものだった。ぼくが、

「これが、いちばんおいしい」というと、ミンミンは紙に、「薄餅」と書いて、

「バオビン」といった。ぼくがミンミンのまねをして、「バオビン」というと、

「中国語うまくなりましたね」とミンミンが笑った。

帰りぎわ、ぼくたちは住所を交換し、手紙を書くことを約束しあった。

日本に帰ってからしばらくのあいだ、ぼくとミンミンの、かんたんな日本語をつかった文通はつづいた。ぼくが手紙をだすと、その十日後にはかならず返事がきた。

でも、帰国後一か月がたち、やがて一年がたって、ぼくはミンミンにほとんど手紙を書かなくなった。北京での出来事がだんだん遠いむかしのことのような気がしてきたし、手紙を書くより友だちとゲームを進めるほうがずっと大事なことでしかも楽しかった。

それでもときどき、ミンミンからの手紙はとどいた。ぼくはといえば、返事を

書くのが面倒になって、ほうっておかれればいつまでも返事を書かなかった。とうさんやかあさんに何度もたしなめられたり、そうでなければ交換条件にゲームをする時間の延長を持ちだしたりして、ぼくは小学一年生なみの短い手紙を書いた。ひどいときには、はがきに、これだけ書いてだした。

明明様

お元気ですか。ぼくは元気です。

手紙ありがとう。がんばってください。

悠介より

今年の年賀状は、だしていなかった。というのも、ちょうどそのころから、とうさんとかあさんのあいだの空気がおかしくなったからだ。まず、ふたりのあいだの会話は激減。ただでさえあまり家にいないとうさんが、家でも必要最低限のことしか口にださなくなると、家の中の空気が重たくなって、ぼくまで無口になった。とうさんは外食が多くなり、かあさんとぼくの会話もへった。

冬が去り、春がきて、とうさんとかあさんが別々に暮らすことを決めるまで、ぼくは「少年ガンバ」とゲームに没頭することで、イライラをごまかした。


そんなだったから、宛名がにじんでしまったエアメールは、ほんとうにひさしぶりのミンミンからの手紙だった。

ぼくは、その手紙の封を切らずにかあさんの帰りを待った。

虫の知らせっていうのはほんとうにあるもので、それはぼくがひとりで封を切って読むには、あまりに唐突な内容の手紙だったのだ。

とうさんが出ていってからすこしだけ帰宅時間が早くなったかあさんが、七時すぎに帰ってきたのを見はからって、ぼくはやっと、手紙をひらいた。

悠介様
お元気ですか。
わたしは、七月二十五日、日本に行くことになりました。
午後三時に、成田空港へ迎えにきてください。中国国際航空で行きます。
悠介にやっと会えます。うれしいです。

明明

うそだろう！

と、ぼくは、できればそう叫んで、すぐにでも国際電話をかけてそんなの無理だと伝えたくなった。

とうさんがいなくなってから、かあさんだって家の中をまめに掃除しなくなったし、床につっぷしたままの「少年ガンバ」だけじゃなく、ぼくの部屋なんか、ぬぎっぱなしの服や、マンガや教科書や、ゲーム機も筆入れも、学校から持ちかえったリコーダーも体操着も習字道具も通知表にいたるまで、ありとあらゆるものが、なにがなんだかわからなくなるほどちらかっていて、足の踏み場もないのに、

「二十五日だって！」

ぼくは寄り目になって、カレンダーをにらみつけた。

「きょうは何日？」

かあさんが、気がぬけたように呆けた声をだし、コンビニで買ってきた焼肉弁当を電子レンジに入れて、バタン、と気のせいかいつもより乱暴に扉をしめた。

「二十四日だろ！」

ぼくは、仁王立ちのまま、大きくひらいた目をかあさんにむけた。

「そんな、コワい顔しなくても……」

けんめいに平静をよそおうかあさんの前で、焼肉弁当をあたためおえた電子レンジが、なにごともなかったように「チン」と鳴る。

しかし扉(とびら)をひらくかあさんの手が、こきざみにふるえていることに、ぼくは気づいた。

4

「どうしようって……迎えにいくしかないじゃない……」

かあさんは、こわれたロボットが地球を救おうとしているみたいに健気な声をだした。

「そうしなきゃミンミンさんはこまるわけだし……」

焼肉弁当をひっぱりだすと、今度は自分のオムライス弁当を電子レンジにつっこんで、かあさんはそのまましばらく電子レンジの中のオムライス弁当を、だまったまま食いいるように見つめつづけた。

そして、三十秒くらいたって、ふう、と肩を落とし、ふりむきもせずにいった。

「ちょっとくらい、かたづけておきなさいよ。部屋……」

ぼくはそのひと言を聞くまで、ミンミンに国際電話をかけることを考えていた。家族で旅行に行くのだとかなんとか都合のいい理由をでっちあげればいいじゃないか。もしとうさんがいたら、よろこんでミンミンを迎える以外なかっただろうけれど、とうさんはいないのだし、かあさんが受けいれられないのなら、ことわったっていいはずだ。

でもかあさんが、受けいれることを選んだ以上、ぼくには拒むことはできなかった。

ミンミンはすっかりその気でいるのだし、うまくかわして逃げたところで、あと味がわるいにきまっている。

「成田空港まで、ひとりで行けるでしょ。何度もとうさんと、外国のひと、迎えにいったものね」

「う……うん」

ぼくはあいまいにうなずいた。たしかに、とうさんが以前外国でお世話になったひとを迎えにいくのにくっついて、成田空港の到着ロビーに行ったことなら何度かある。

ちょっと不安はあるけれど、なんとかひとりでも、行けないことはないはずだった。

「とうさんもたくさんお世話になったんだから、今度はとうさんがお世話をする番なんだ」

とうさんは張りきって、外国からのお客さんを家に泊めたし、自分でちらし寿司なんかをつくってもてなしたものだ。

でも、ぼくは知っていた。

お客さんが帰ったあと、とうさんとかあさんは、きまって夜中に言いあいをした。

「もう、いいかげんにしてよ。わたしだって仕事があるし、疲れるんだから」

壁に耳をぴったりくっつけて、ぼくはかあさんのそんな文句を聞きとった。

かあさんは、お客さんの前ではニコニコしていたものの、ほんとうは心から歓迎してはいなかったのだ。

だから、ミンミンがくるのをほんとうはよろこんでいないことくらい、ぼくにはかんたんに想像できた。

だいいち、だ。とうさんが出ていってしまったこの家に、ミンミンを泊めるとなると、当然、かあさんの立場がなくなる。ぼくは、とうさんが撮影旅行中ということにしようと考えた。とうさんの荷物は運びだされてはいたけど、写真集くらいならまだ家にあるし、なんとかつじつまを合わせて、ごまかしてしまえばいい。

「とうさんが出てったことは、ミンミンにはいわないでおこう」

ぼくは、背中をまるめて無表情なままオムライス弁当を口に運んでいるかあさんにむかっていった。

かあさんは、

「それがいいかもね」

ぼそっといって、それから大きなため息をひとつついた。

電車が成田空港駅に着いたとき、まだぼくは、心の中で願っていた。

「どうか、ミンミンがうちには泊まらないっていいますように。いちおう誘ってみるけど、もうほかのところに泊まると決めているからといって、ミンミンがことわりますように」

誘わないのはやっぱり失礼だから、とうさんはいないけどどうぞ泊まってくださいと、誘うことは誘わなければいけない。でも、ミンミンがもしほかに宿泊先を決めていたら、無理強いはいけないはずだ。

ぼくは、できればそういうなりゆきになればいいと願った。

到着ロビーで到着便の掲示板を見ると、中国国際航空の表示のはしの赤いランプは、すでに点滅していた。

「まだ三時前なのに……」

乗客の出口へ急ぐ。

「中国の飛行機はよくおくれるってとうさんに聞いていたのに、こんなに早く着いちゃうなんて……」

ぶつぶつ文句をいいながら、ぼくはロビーを見まわした。広いロビーには、中国人らしき人たちが、大きな荷物といっしょに行ったりきたりしている。その人たちのなかに、いた。三年前のままの、ミンミンが。

ミンミンは、ひとり、まるで「気をつけ」をしているみたいに、ピンと背筋をのばし、じっと空中の一点を見つめていた。黒縁の大きなメガネ、白い木綿の開襟シャツ。紺色の飾りけのないズボンにゴツい革靴。黒いスーツケースと、赤いソフトバッグがそばに置いてある。

ぼくには、まるでそこだけにスポットライトがあたっているように思えた。

突然、三年前の北京の朝の空気のにおいがフラッシュバックみたいに、よみがえった。

どうしてなのかさっぱりわからなかったけど、すこしだけ涙が出た。

でも、気恥ずかしくなってすぐに気持ちを立てなおし、ミンミンにむかって歩きだした。

ミンミンがぼくの視線に気づいて、ゆるやかに横をむく。とたんに緊張した表情がくずれ、こぼれるような笑顔に変わった。

「悠介！」

ミンミンの、張りのある声が聞こえた。

ぼくは落ちついているフリをして、ゆっくり、ゆっくり歩いてミンミンに近づいた。歩きながら、なんてあいさつをしようか考えたけど、「こんにちは」も「おひさしぶりです」も「ようこそ日本へ」も、どれもこれもしっくりこないので、けっきょく、にっこり笑った顔をつくって、なにもいわずにぺこりとひとつ頭をさげた。

　ミンミンは太陽みたいな笑顔のまま、ぼくの両手を自分の大きな手の中につつみこんだ。

「アイヤー！　悠介！　んー……わたしは、やっと、日本にくることができました。悠介に会えて、とても、うれしい。悠介は、とても大きくなりましたね」

　ミンミンの日本語は、三年前にくらべてものすごく上達していた。「アイヤー」という中国語の感嘆詞（日本語の「わぁ」にあたる）と、ときどき「んー」という、つなぎがはいることをのぞけば、外国人が話す日本語特有の聞きづらさはほとんどなくなっていた。

「わたしのおにいさんは、今年の四月から、大阪に住んでいます。それでわたしは、おにいさんに会いにきました。んー……でも、大阪に行くまえに、悠介に会いたかったのです。それで、成田空港への便に、変更したのです」

「でも、手紙を受けとったのはきのうだよ。もっと早く知らせてくれなきゃ……

とうさんも、いままた撮影旅行に出かけているんだから」

ミンミンはうんうん、とうなずいた。

「はい。そのとおりです。もし悠介がこなければ、このまま大阪に行こうと思っていました」

「ひとりで？」

「はい」

「こんなに、荷物、いっぱいなのに？」

「はい。でも、悠介に会えたので、荷物、すこしへります」

「…………？」

「わたしは、悠介のために、バオビンをつくります。これは、小麦粉です」

バオビンって、ミンミンの家でぼくがおいしいっていった、クレープの皮みたいなののことだ。ぼくはおどろいた。あのバオビンをつくるために、ミンミンはわざわざ北京から小麦粉を持ってきたというのだ。

「小麦粉なんか、日本で買えばいいのに」

「日本の小麦粉は、中国の小麦粉と風味がちがうと、わたしのおにいさんが教えてくれたのです。さあ、悠介の家に行きましょう」

ミンミンはやっぱり、ぼくの家に泊まるつもりだった。

想像したとおりの展開じゃないか。

ぼくは、でも、もっとがっかりするかと思っていた自分が、ちっともがっかりしないことにちょっとおどろいていた。ミンミンの顔を見たとたんに、なんだか胸の奥があったかくなって、バオビンと聞いたら、口の中に唾がいっぱい出てきた。急におなかがすいて、それから、かあさんに注意されても部屋をかたづけていないことをいくらか後悔した。

赤いソフトバッグの中身は小麦粉だ、とミンミンはいった。すごく重たい。駅の改札まではカートで運んだけど、手に持って階段を上り下りするうちにぼくの手は痛みだした。

電車の窓から見えるはじめての日本の景色を、しばらくミンミンは、めずらしそうに見つめていた。それから、こんなことをいった。

「悠介。日本の木の葉や草の緑色は、北京の木の葉や草の緑色と、ちょっとちがいます」

「木や草の種類がちがうんじゃないの？」

ぼくも窓の外に目をやった。いつもと変わりない、田園風景がひろがっている。ぼくは北京の並木の木の葉の色を思いだそうとしたが、それが緑色だったということしか思いだせない。

「同じポプラでも、北京のポプラと日本のポプラの木の葉の色は、すこしちがいます」

「そうかな」

「そうです。風も、雨も、土もちがうから、その中で育つ生き物も、ちがうように大きくなります。人間も同じです。小麦も同じ。だから中国の小麦粉の味と日本の小麦粉の味も、ちがうのではないですか？」

　そんなことをいわれても、ぼくにはどうとも答えられない。

「日本人も中国人も、育った国がちがうから、すこしちがいますね。でも同じ人間にはちがいありません」

　成田空港からの電車の中は、国際色が豊かだ。電車の中には、ミンミンだけじゃなく、ほかにも白人のカップルや浅黒い肌をした人たちの姿があった。

　ぼくは外国人らしき人たちをなにげなく見やってから、ぼそっといった。

「そうだよ。みんな、同じ人間なんだもんね。肌の色や、生まれて育った場所がちがうけど、みんな同じ人間だもんね」

　ミンミンの顔がうれしそうにかがやいた。

「そうです！　でも、悠介がおいしいっていったのは、北京の小麦粉でつくったバオビンですから、同じものをつくりたくて、わたしは小麦粉を北京から持ってきました！」

北京(ペキン)でミンミンがつくってくれたバオビンは、たしかにほんとうにおいしかったと、ぼくはその味(あじ)を思いだして、また口の中にわいてきた唾(つば)を、ぐっと飲みこんだ。

5

夕方、だれもいない家のうすぐらい玄関に、ミンミンと到着。

「かあさんは、仕事で帰りがおそいよ」

ぼくは、重い小麦粉のバッグを台所に運び、ヒモのあとがついて赤くなった右てのひらをブラブラふって痛みをちらした。それからミンミンを、いちおうお客さんを泊める部屋に案内して、

「ぼくの部屋はすごくちらかっているからね。びっくりしないでね」

前ふりでショックをやわらげる作戦にでた。ミンミンは、笑ったまま「はい」とはっきり返事をしてから、ふりむきざま、ぼくの目をしっかり見て聞いた。

「悠介。おとうさんは、どこの国の写真を撮りにいきましたか」

「あー。えっと……」

やばい、と思ったぼくは、ミンミンも知らないようなアフリカの国の名前をいっしょうけんめい考えた。同時に、どうしてもっとしっかりしたウソを準備しておかなかったか、自分のうかつさに腹がたった。

ミンミンは、首をかしげている。空気がだんだんあやしい感じになっていった。

「えーーーっと、どこ……だっけな」

「悠介？」

「うん……と、ナントカ共和国。アフリカの小さな国だよ」

「んー、いつ帰ってきますか？」

「……ええっと、今回は、いつ帰ってくるかわからないって」

「悠介？」

ミンミンの黒縁メガネの奥の、大きくひらかれた目が、しっかりぼくを見つめている。ぼくは、ミンミンの顔を見ることができなくて、窓の外に目をやった。うすぼんやりした夕暮れのまちが見えた。このうすぼんやりしたまちの中で、かぞえきれないほどの数の家族が暮らしているんだと思った。そしてふと、どうしてとうさんが撮影旅行に行っていることにしようとしたのか、考えてみた。どうしてそんなウソをついたんだろう。

かあさんが、気まずい思いをしないように？　だったよな。いろいろ説明するのって、気が重いから、ごまかしちゃえばいいと思ったってこともある。

あらためて思いなおせば、ウソをつく理由はいくらでもあるような気がした。でも、ウソをつきつづけるということは、この先も、とうさんがアフリカに行ってるってことにしなければいけないということだし、かあさんともっと綿密に口裏を合わせなければいけない。

とうさんが出ていったことを説明するのと、ウソをつきつづけるのと、どっちが気が重いかといえば、ウソをつきつづけるほうが気が重いにきまってる。ぼくは、ミンミンの顔を見た。

「ミンミン……」

「はい」

「ホントは、とうさんは外国になんて行ってないんだ」

「はい」

ミンミンはパチパチまばたきをした。

「とうさんとかあさん、別々に暮らすことになって、とうさんはここを出ていったんだ。いまは別のアパートで暮らしてる」

「は……い……」

「ミンミンからの手紙が着いたのはきのうだし、ちゃんと準備もできなかったし、かあさんは仕事いそがしくてごはんもつくる時間ないかもしれない。いろいろ不便なことあるけど、がまんして」

ミンミンは、ぼくの顔をじっと見つめた。三年前とちがってほとんど目線が床と平行線になっていた。

「悠介、ほんとうのことをいってくれて、どうもありがとう。んー、だいじょうぶです。食事はわたしがつくります。さあ、小麦粉を練って、バオビンをつくりましょう」

そういってミンミンはさっそく台所に立った。小麦粉を練り、それから冷蔵庫の野菜室をのぞき、中華鍋を見つけだし、調味料をなめて確認して、あっというまに炒め物を三品つくった。そしてスーツケースから麺棒をだすと、すばやく生地をのばし、フライパンをつかってバオビンをこんがり焼きあげていった。

ぼくも、卵をまぜたり、もやしの根をとったりした。

そんなわけだから、かあさんが七時すぎに帰ってきたときには、台所とリビングには香ばしいごま油のにおいが充満していた。

かあさんは、当然、おどろいた。

でも、料理におどろいたんじゃなかった。なににって、ミンミンにだ。

はじめて訪れた他人の家の台所にはいりこみ、勝手に戸棚や冷蔵庫をあけて野菜や肉をつかって料理をつくってしまったミンミンの、遠慮のなさにおどろいたのだ。かあさんはかあさんで宅配のお寿司をとろうと思っていたらしいし、いつも「プライバシーの侵害」をとてもいやがる。

言葉につまっているかあさんに、ミンミンは、あっけらかんと自己紹介をはじめた。

「わたしは、王明明です。三年前、中国で、悠介から日本語を教えてもらいました」

かあさんの目の下が、ピクピクふるえはじめた。

「知っています。ようこそ日本へいらっしゃいました。どうぞ、ごゆっくり。それと、食事の用意までしてくださって、ありがとうございます」

かあさんは、かろうじて口のはしを上げた。でも目がぜんぜん笑ってない。バオビンの食べ方を説明されてひとつは食べたけど、あとすこし炒め物を口に運ん

だだけ。バオビンを次々にほおばるぼくを、目のすみっこで追いながら、とうさんのことは口にださず、最近の中国の経済発展ぶりがどうとかいう話をした。

ミンミンだけが、ずっと笑っていた。かあさんの顔がひきつっても、手がこきざみにふるえても、おかまいなしだ。

ぼくは、ピリピリしているかあさんと、そのことに気づきもしないミンミンのあいだにはさまって、けんかになりはしないかとハラハラしていた。だから料理を食べおえて、かあさんが、

「悠介、ミンミンさんに、お風呂場の使い方を教えてあげてね。かたづけはわたしがしますから、ミンミンさん、どうぞお風呂にはいってください」

といったときには、ぼくも心底ほっとした。

ところが、ミンミンが風呂にはいるやいなや、かあさんは肩をいからせながらぼくに詰めよった。

「ちょっと、ずうずうしいんじゃないの？　ひとの家の台所に勝手にはいりこむ

なんて」

「でもね、悪気はないんだよ。ほんとうに。ぼくがおいしいっていったクレープみたいなのをつくるために、わざわざ北京から小麦粉まで持ってきてくれたんだから」

「それにしてもね……」

ぼくがミンミンをかばったことがよけい気にいらなかったのか、かあさんは眉毛のあいだにくっきりと太い縦ジワをつくったまま、ガスコンロを拭く手に力をこめた。

「かあさんが、ちょっとこだわりすぎなんじゃない？　ミンミンは、ちょっと手伝うくらいの気持ちでやっているのかもしれないし……。日本人はなんでも、日本の常識で考えすぎだって、とうさんがよくいってたじゃない」

「…………」

しまった！　こんなとき、とうさんの話をだすのは、火に油をそそぐのと同じだった！　かあさんの表情が、ピキッと凍る。

「いい？　悠介。こんな調子なんじゃ、かあさんは耐えられそうにないの。できればあしたには出ていってもらって。ビジネスホテルでもどこでも、泊まれるでしょう？」

　ぼくがだまってしまうと、

「わかった？」

　かあさんは念をおした。

　いまさら追いだすようなことをするなら、最初から受けいれるべきじゃなかったんじゃないかと思いながらも、かあさんのけわしい口調についうなずいてしまった。

　翌朝早く、マンションの下の公園の散歩から帰ったミンミンは、また台所で小麦粉を練りはじめた。そして、たぶん戸棚という戸棚をひらいて蒸し器を見つけたのだろう。ぼくが台所へ行くと、その蒸し器で蒸しあげたものが、食卓の上にうずたかく積みあげられて、ほわほわと盛大に湯気をあげていた。

「マントウです」

ミンミンがニッと歯を見せて笑った。

「うん。北京に行ったとき、朝食によく食べたよ。中になにもはいってないヤツでしょ」

「そうです。おかずといっしょに食べるとおいしいです」

エアコンも入れずに料理をしたので、ミンミンのひたいには汗の玉が光っていた。ぼくがエアコンのスイッチを入れると、冷たい空気が蒸し暑い部屋にスーッと流れだした。

ところが、

「アイヤー！　悠介！」

ミンミンは首を大きく横にふった。

「クーラーは、人間にとって、要らないものです。消しましょう」

「ええっ？　いやだよ。エアコンのない夏なんて考えられないし、だいいち熱中症になっちゃうよ。日本では、暑い夏はエアコンで乗りきるのがあたりまえなんだ」

　ミンミンはそれでも首を横にふりつづけた。

「わたしは、中国の医学の学校で働いています。先生ではないけれど、学校で、いろいろなことを知りました。んー、からだを冷やすことは、よくないことです。暑ければ、汗をかきます。汗をかいたら、お茶を飲みます。お茶をたくさん飲んで、そしてまた汗をかきます。すると、からだの温度は下がります。からだは、暑さに慣れていきます。それでいいのです」

　そういって、ミンミンはベランダに面したサッシ戸をいっぱいにあけた。

「わかった。でも、かあさんが仕事に行ってからにしてよ。かあさんはいつものペースを乱されるのがいやみたいだから」

　ミンミンは、きょとんとして、そしてまた首をゆっくりふった。

「おかあさんなら、んー、六時ごろ、家を出ました。わたしは、ごはんを食べませんかといいましたけど、おかあさんは、いらないといいました。おかあさんは、会社へ行く途中に、どこかのお店で朝ごはんを食べるのですか?」

ミンミンはあっけらかんとしていてかあさんの怒りにぜんぜん気づかないようだし、中国では朝食から外食という人も多い。

ぼくはエアコンをあきらめて食卓についた。マントウから立ちのぼる湯気のむこうで、ミンミンがベランダに出た。

昨夜のかあさんの言葉を思いだし、背中がじっとり汗ばむ。マントウをひとつつかんで、ほおばると、甘い小麦粉のにおいが鼻の奥までいっぱいにひろがった。けれどミンミンを追いだすようなことが、ぼくにできるだろうかと考えると、胸がつまって、マントウの味がわからなくなってくる。

やがて、ベランダに出ていたミンミンが、とびきり素敵なものでも発見したかのように、はしゃいだようすで部屋にはいってきた。

「アイヤー！　悠介！　ずっとむこうに見えるのは、もしかしたら、海ではありませんか？」

「はい。あれは、海です」

　ぼくは、教科書でも読むみたいにいった。ミンミンは、メガネのレンズを何度もこすり、もういちど目をこらす。

「あれは、海ですね」

「はい。そうです」

「海に行くことは、できますか？」

「はい。できます」

「では、行きましょう。わたしは、生まれてはじめて海を見ました」

「え……？　うそっ！」

　ぼくにはそれが、信じられなかった。

6

ぼくの住んでいるマンションから海岸までは、路線バスに一回乗るだけでかんたんに行くことができる。

「日本のバスはどうしてもっと混まないのですか？」

バスには数人しか乗っていなかったので、ミンミンが不思議そうに聞いてきた。そういえば、北京では人がぎゅうぎゅうづめになったバスがたくさん走っていた。

「海に遊びにいく人は、ほとんど自分の車で行くんだよ。着替えや荷物もあるしね。ねえ、それより、どうしてミンミンは海に行ったことがないの？」

ぼくにとっては海を見たこともないミンミンのほうが、不思議だった。

「中国はとても発展しました。お金持ちはどんどん旅行に行きます。海にも行きます。でもわたしは行ったことがないのです。時間もありません。日本は海にかこまれていますし、交通も便利なのですぐ行けます。でも、中国には海を見たことのない人がたくさんいます。北京からも、海へ行くには何時間もかかります。それに、バスで行けるところは大きな港で、砂浜の海岸ではありません」

ミンミンは社会の先生みたいに説明をした。

「でもね、ミンミン。ここは千葉で、海は東京湾で、あまりきれいじゃないよ。どうせなら、もっときれいな海を見にいったらいいのに」

ぼくは、小学校入学祝いに家族で行った沖縄の海を思いだしていた。海は海でもぜんぜんちがうのに。ミンミンが沖縄の海を見たらどんなに感激するだろう。

予想はしていたけれど、夏休みにはいり、海開きした海岸は海水浴客でいっぱいだった。ビーチパラソルの下で楽しそうにおにぎりを食べている家族連れに、ぼくの視線はむいてしまう。大学生らしいグループも若いカップルもたくさんいるのに。

ミンミンは、はじめて見る海の景色がとにかくめずらしいらしかった。北京からはいてきたゴツい革靴をぬぎ、はだしになって、波の感触をたしかめている。ときどきなにか、中国語で叫んでいたが、なにを騒いでいるのかさっぱりわからない。ただ、感動しているのだということだけは、ミンミンの背中を見ているだけでもぼくにはわかった。

ただ、ミンミンが立っている波打ちぎわの場所から、半径三メートル以内に人の姿がまったくないのがちょっと気になったけど。

「田村じゃん」

ぼくの背中に、耳にささるような声が聞こえてきたのはそのときだった。一瞬、声を浴びた背中に鳥肌がたったが、その鳥肌の上からまた冷たい水が降ってくるみたいに、ぼくは感じた。

「ひとり？」

声のぬしは、岸本だった。岸本克也だ。ふりかえって顔を見ることさえ、できれば避けたい相手だ。

うおっ、最悪……って心の中でつぶやく。

岸本は、なにかにつけて強がるが、カードゲームはむちゃ弱い。そのせいか強いカードを持っているヤツを攻撃するクセがある。終業式の前の日に、ばったりコンビニで会ったけど、最強カードをなんとかゲットしたいのか、百五十円のカードのセットをしこたま手に持ってレジにならんでいた。

ぼくがたまたま当てた最強カードとダサいカードの交換をせまられたこともあるけど、なんとかきょうまで逃げのびた。

「ひとりってことないよな」

ぼくがふりかえるまえに、岸本がぼくの目の前に立つ。やっぱりか、と思った

が、いつも岸本といっしょにいる牧野が、その横にくっついていた。牧野が、

「ひとりってこと、ないない」

と、手をふって岸本の言葉の尻をリピートした。それもいつものことだ。

「おまえんちって、親ふたりとも家にいないいんだっけ？」

「いないんだっけ？」

よけいなお世話だ。ぼくは、できるだけ波打ちぎわのミンミンから目をそらしたまま、岸本の首のあたりを見ていった。

「どっちでもいいだろ」

「どっちでもいいってことはねえよ」

「ひとりじゃないって」

「じゃあ、だれときてんだよ」

「だれとでもいいだろ」

「よくねえよ。なんなら、田村もおれらといっしょってことで混ぜてやってもい

いけど」

「いいけど」

見れば、岸本と牧野のうしろに、ミンミンの大きな笑顔がぐんぐん近づいてきた。

——もう最悪。

「悠介のお友だち、ですか？」

ミンミンのよくとおる声に、岸本と牧野が同時にふりかえった。

「え、だれ、このオバサン？」

「だれ、このオバサン？」

ぎょっとしたふたりに、ミンミンが堂々と自己紹介をした。

「わたしは、王明明です。北京から、悠介に会いにきました。オウメイメイは、中国語でワンミンミンです。よろしくお願いします」

手には革靴をさげている。ただでさえ目立つ黒縁メガネが、ずり落ちかけている。

岸本と牧野は、しばらくぽかんと口をあけていた。やがて、岸本の口のはしが不自然にひきつった。

「へえ。田村って、すげえ。メーメーだかミンミンだか、ヤギだかセミだかわかんねえ中国人オバサンと海にくるなんて、コクサイ的なのな」

「……べつに」

「それにしてもさ、どう見ても海ってカンジじゃねえよなあ」

「海ってカンジじゃねえ」

牧野がリピートすると、ミンミンが大きな目をパチパチさせている。ぼくは、だまって下をむいた。それから、岸本と牧野の顔を見ないで、

「もう、帰ろう」

ミンミンをうながした。ミンミンは、両足をこすりあわせるようにして砂をぬぐい落としながら、

「もう、帰るのですか？　どうしてですか？」

納得できないようすでいった。

「だってねえ。海ってカンジじゃねえし」

「じゃねえし」

牧野の鼻がヒクヒク動く。

「海ってさ、水着とかシートとかパラソルとか持って、ビーサンはいてくんの。フツー」

「そそ。コーラとか飲んで、タオルは大判で、花柄とかじゃないやつ！」

「なんかさあ、ヘンじゃん。革靴とか」

「革靴とかね」

ぼくはもういちどミンミンをうながした。

「帰ろうってば」

ミンミンは、手に持った革靴の底を、打ち鳴らした。

「どうして悠介とわたしが帰るのですか？」

岸本の表情がゆがんだ。

「だからさあ、空気読んでよ」

「空気読んでよ」

「ミンミン……」

ぼくは、ミンミンの袖口をつまんでひっぱった。ミンミンは、すこしのあいだ、「んー」と低い声をだし、それからもういちど、靴底を打ち鳴らした。コンコンとにぶい音のあとに、ミンミンは口をひらいた。

「じゃあ、こうしましょう。お友だちがあやまってくれたら、帰ります」

「なんで？」

牧野がからだをくねらせて、白目をむいた。

「どうしてか、わかりませんか？　わたしは、ヤギでもセミでもありません。ひとの名前をそんなふうにいうのはいけません。あやまってください」

さらりとそういって、それからにっこりと笑った。

「学校の決まりに、そういうのないし」

背中がじっとり汗ばんできた。いやな汗だった。笑って済ませないで、いちいちけじめをつけようとするミンミンに、正直こまった。それに、ミンミンの声は大きくてよくとおる。そばを通る人たちが、こっちを見て不思議そうな顔をしていく。

岸本の顔色がだんだん赤黒くなっていく。はじめは顔をしかめて口をとがらせていたが、目の表情に余裕がなくなっていった。

「なんだよ。めんどくせえなあ。あやまれあやまれって……」

「これは、とても大事なことです。このまま帰るわけにはいきません」

ミンミンはすっと背筋をのばしたまま、おだやかな表情をうかべている。

岸本がいらだちはじめ、ミンミンをにらみつけ、ゆっくり右手のこぶしをにぎった。

牧野は二歩後退し、岸本とミンミンの顔を交互に見て、緊張で顔をこわばらせた。

ぼくはミンミンのうしろに立ち、ミンミンの肩に手をかけて、

「ミンミン、帰ろうってば……」

すこし強くゆらした。

「悠介、ここは……」

ミンミンがいいかけたとき、

「うるせえんだよ！」

岸本の右手が、ミンミンの頬を打った。

ミンミンは、うしろに倒れそうになり、メガネが砂の上に落ちた。

岸本は仁王立ちのまま、ミンミンをまだにらんでいる。

まわりの人たちが、にわかにざわついて、ぼくたちをかこんで人の輪ができた。

「なんだ。なにをやっとる？」

海水浴場の監視員のおじさんが、人をかきわけて岸本の前に立った。

「なんだ。このひとをなぐったのか」

岸本はまだ赤い顔をしていたが、声の調子を低くして、

「あやまれあやまれって、うるせえんだよ」

吐きすてるようにいった。

「あやまらなきゃいけないようなことを、したのか」

ミンミンは、メガネを拾い、砂をはらってかけなおすと、すこし悲しそうな顔をした。

「ひとの名前を笑ったりしてはいけないと、いったんです」

「なんだ。そうだったなら、ちゃんとあやまらなきゃならん。それに暴力はぜったいいかん。あやまりなさい」

監視員のおじさんは、日に焼けた太い腕を岸本の肩にまわし、手でその肩をぽん、とひとつたたき、低くて大きな声で、

「ほら」

今度は岸本の両肩をぐいっとつかむと、ミンミンのほうに向きなおらせた。

「ご……ごめんなさい」

岸本はぼそっとつぶやいた。おじさんはそれを見て、

「頭くらいさげたらどうだ」

強い口調でいった。すると岸本の表情がくずれ、口のはしがさがって、目がしらがにわかに赤くなり、

「すみませんでした！」

岸本は観念したように頭をさげると、牧野の腕をつかんで、その場から逃げるようにスタスタと歩きだした。

「どうもありがとうございました」

ミンミンはおじさんに頭をさげた。

「まあいろいろトラブルはあるが、それにしても最近の小学生は……態度ばかり

でかい」

おじさんはぶつぶついいながら、監視場へもどっていった。

ミンミンは、服についた砂をはらいながら、だまってしまったぼくの顔を見た。

「悠介。悠介は、もっと自分を大事にしないといけません。自分を大事にしないと、ほかの人を大事にできません」

「そうはいってもね。空気読まないとさ」

ぼくは、ひたいににじんだ汗をぬぐった。

「空気を読むって、どういう意味ですか？」

「なんっていうか、言葉を口にださないで雰囲気を感じて行動すること、かな」

「それなら、なんのために言葉があるのですか」

ミンミンは、真顔でそういい、

「読むのは本や新聞でじゅうぶんです。さあ、帰りましょうか」

ぼくの背中を軽くたたいた。

ぼくはといえば、夏休みが終わって岸本と牧野に会うときのことを考えた。またいじられるかもしれないと思うと気が重い。でも、それはそのとき考えるしかない。

ぼくは、背筋をピンとのばしたまま大またで歩いていくミンミンの背中を見て、小さなため息をついた。

7

どうもおかしい、と感じたのは、帰りのバスに乗りこんだときだった。バス停でバスを待つあいだ、汗でしめった背中に海風が吹きつけるとゾクッとしたけれど、冷房のきいたバスの車内にはいったとたん、背中に強い寒気が走った。

窓ぎわの座席にすわったミンミンは、まだなごりおしそうに海のほうを見ている。

「海の水平線を見たことがありませんでした。広い景色は、人の心を広くします」

「ぼくは、建物や山がないまっすぐな地平線を見たことがないんだ。とうさんは見たことあるっていってたけど。ゴビ砂漠とかで」

ぼくは、ゾクゾクする背中をまるめた。

「そうですか。中国にはまっすぐな地平線ならいっぱいあります。悠介が大きくなって、また中国にきたら、まっすぐな地平線をいっしょに見にいきましょうか」

「そうだね」

「約束です」

ミンミンと約束をしたのはよかったけど、かあさんとの約束のほうは、いいだせなかった。出ていってくれなんて、かんたんにはいえないものだ。

でも、ほんとうにこまったときには神様が助け船をだしてくれるものだ、とずっとまえにとうさんがいっていたから、どんどん強くなる寒気は、つまりそういうことだったのかもしれない。

家の近くのバス停でバスのステップをおりようとしたぼくは、急なめまいでよろめき、あやうくころびそうになったのだ。

「悠介！　どうしましたか」

ミンミンに二の腕をつかまれてなんとかころばずにすんだけど、西日を照りかえすアスファルトの熱気や、車の排気ガスで頭がクラクラして、立っているのがやっとだった。

「悠介、熱がありますね」

ぼくのひたいに手をあてて、ミンミンがいった。

「うん。そうみたいだ」

「病院に行きますか」

「ううん。とにかく家で休ませて」

ミンミンにささえられながら部屋へ帰って、ちらかったままの本や服やゲーム機をかきわけるようにしてベッドに倒れこんだ。熱はますます上がってくるみたいで、天井がぼやけて見える。

ミンミンは部屋のちらかり具合におどろいて「アイヤー」とひと声発してか

ら、冷やしたタオルをぼくのひたいにのせ、それからすぐに台所でお湯をわかしはじめた。そして、しばらくして、マグカップにはいった茶色いお茶みたいなものを運んできた。

「これは、特別な薬です。ちょっと苦くてくさいですが、がんばって飲んでください」

ミンミンはぼくのからだをささえて起こすと、煎じ薬を飲ませた。カップの中から立ちのぼる湯気は、苦いような甘いような摩訶不思議なにおいがする。ぼくは、何年かまえに観たカンフー映画を思いだした。やっぱりジャッキー・チェンが主演だった。

けわしすぎる岩山の中の寺で、白いひげを長くはやした仙人みたいなカンフーの達人が、不思議な薬を、骨董品みたいな古い土鍋の中でゆっくりかきまわしているシーン。その薬は無敵な万能薬で、飲めばあらゆる病気がなおり、からだに力がみなぎってくるのだ。

――きっと、あんなふうな薬にちがいない。

ぼくは、思いきって、マグカップの薬をのどに流しこんだ。

「おえっ……まずっ」

のどの奥から苦い薬がもどってくるのを必死にこらえ、からだぜんぶの力をのどにぎゅーっと集中させて、ぐいっと薬を胃袋まで送ってやった。背中にまた、どっと汗がふきだす。ぼくは、顔をしかめて舌を押しだした。

「み……水ちょうだい」

ミンミンが持ってきてくれた水を一気に飲みほし、ベッドにあおむけになる。

やっと胃袋にたどりついた無敵の万能薬は、やがてゆっくりからだのすみずみに運ばれていくにちがいなかった。

そしてぼくは、そのまま何時間かぐっすりねむった。ねむりに落ちていくなかで、電話の呼び出し音を聞いた気がした。きっとかあさんからだと思ったけど、起きあがって電話に出る力はなかった。

ぐっしょり汗をかいて、おまけにひどくのどがかわいて、ぼくは夜中に目をさました。何時ごろだったのだろう。かあさんは帰ってきたのだろうか。そんなことをぼんやり考えた。本棚に「少年ガンバ」がバックナンバー順にならんでいるのが見えた。足の踏み場もなかった部屋の中が、かたづいている。勉強机のライトがついていて、その白いあかりの中にミンミンの背中が見えた。

名前を呼ぶと、ミンミンははっとしたようにふりむいて、ぼくのそばにきてひたいに手をあてた。ミンミンの手は、厚くてかたくてゴツゴツしていた。

そのときぼくは、ミンミンの鼻の頭が赤いのと、メガネのレンズのむこう側の目が赤いことに気づいた。

かあさんに、なにかきついことをいわれたのかな。

「かあさんは……?」

「残業だといって、何度か電話をかけてきました。悠介が熱をだしたと伝えましたが、すぐには帰れないと……。十時ごろ帰ってきて、いちど悠介のようすを見にきましたが、すぐに寝てしまいました。仕事で疲れていたのでしょう」

ミンミンは、台所に行って、また例の煎じ薬を持ってきた。でも、最初に飲んだときより不思議においしく感じた。

中国四千年の歴史はすごい。不思議な無敵の万能薬は、ぼくの熱をひと晩ですっかり下げてしまった。まるで魔法みたいに。

朝、すっきりした気分で起きて顔を洗うと、次にぼくをおそったのは、はげしい空腹感だった。

そこに、ちょうどミンミンが、公園の散歩から帰ってきた。

「おかあさんはまた食事をとらずに出かけてしまいました。からだに悪いですよっていったのですが、なにも話してくれませんでした」

ミンミンは、卵入りのおかゆのはいった茶碗を運びながらいった。

「それにしても、日本の朝と、北京の朝では、空気のにおいがちがいますね。北京は、いまでは大気汚染がひどくてめったに青空が見られません。朝から空は灰色です。ここ千葉は、空は青いですが、空気に湿り気があって、汗がたくさん出ます」

ぼくはおもむろにテレビのリモコンを手にとり、電源ボタンを押した。

すると、画面に映しだされたのは、たくさんの中国人観光客の姿だった。買い物を楽しんだり、バイキングスタイルの食事を楽しむようすを見て、ミンミンがしみじみいった。

「数年前までは、日本に観光旅行にくるなんて、夢のようでした。いまは、観光ビザをとるのがかんたんになったのと、中国人が豊かになったことで、こうしてたくさんの中国人が日本を訪れているんですね」

「うん。最近はどこに行っても、どこからか、中国語が聞こえてくるよ。観光地ばかりじゃなくて、スーパーやコンビニに行っても、中国語が聞こえてくるんだ。なにをいってるのかわかんないけど」

「では、悠介も、中国語を勉強したらどうですか」

ぼくは、おかゆを食べる手をとめた。

「そうだね。ミンミンみたいな先生がいたら、習ってもいいね」

ミンミンは、目じりをさげて、うれしそうにうなずいた。

「それにしても、悠介の熱が下がってよかったです」

「ミンミンの薬のおかげだね。おかわり」

からっぽになった茶碗をさしだしたとき、ぼくはミンミンの目がはれぼったいのに気がついた。

そういえば……。昨夜もミンミンの目が赤かった。

「ねえ、ミンミン。ゆうべ、ぼくの机でなにしてたの？」

ぼくの質問に、ミンミンは大きくうなずいた。

「悠介、わたしはとても、感動したのです。わたしは悠介のおとうさんの写真集を見ました。ほんとうに、すばらしい写真がいっぱいで、涙がたくさん出てしまいました」

ミンミンはまだ興奮ぎみだった。ミンミンの涙のわけは、とうさんの写真集だったのだ。

「おとうさんの写真の中の人たちは、笑っている人も、悲しんでいる人も、みんなとても生き生きしています。いろいろな国でいろいろな人たちが、いっしょうけんめい生きています」

ミンミンの目が、また赤くなってきた。

「北京の写真集は見た？『変わりゆく北京』っていう写真集。三年前の夏に撮った写真をまとめたんだよ。ミンミンの写真も載ってるよ」

「はい。見ました。でも、自分の写真はちょっと恥ずかしいですね」

ミンミンは今度は顔を赤くした。

その日はぼくの熱が下がったばかりなので、家でのんびりすごすことにした。ぼくたちは、もういちどふたりで、とうさんが以前出版した写真集をひらいた。

『変わりゆく北京』は、モノクロームの写真集だ。むかしから変わらない路地裏の人びとの生活風景も、高層ビルの建設現場の写真もある。どれも三年前の写真だから、いまの北京はもっと変わっているのだろう。ミンミンの写真は最後のほうのページにあって、「ひまわり」というタイトルがついている顔写真だ。ミンミンの笑顔がひまわりみたいだからだろう。

ミンミンがいちばん感動していたのは、ネパールの写真集だった。『ヒマラヤン　ライフ』というその写真集には、美しい山々の写真ばかりでなく、けわしい山岳地帯で暮らす人たちの生活のようすがたくさんおさめられている。

焚き木をせおって細い山道を歩いていく家族。赤ちゃんをせおって笑っている女の子。子ヤギを抱く男の子。なにかを一心に祈るおばあさん。うれしい顔、悲しい顔、苦しそうな顔。

とうさんの写真集を見たのはひさしぶりだった。それにミンミンといっしょじゃなかったら、こんなにじっくりひとつひとつの写真を見ることはなかったにちがいない。

「悠介。このひとたちの顔をよく見てください。いま、中国にもこんなによい顔をしている人はなかなか見つかりません。日本では、もっと見つけるのが大変かもしれませんね」

ヒマラヤの人びとの写真を見ながらミンミンがいう。

「よい顔？」

その言葉に、聞きおぼえがあった。とうさんも同じようなことをいっていたのだ。たしか、東南アジアの撮影旅行から帰ってきたばかりで、ぼくが写真の整理を手伝ったときだ。農作業を手伝う子どもたちの写真を整理しながら、とうさんがいった。

「なあ、悠介。この子どもたちみんな、いい顔してるよなあ。もういまの日本に、こんないい顔の子どもはなかなか見つからないかもなあ」

ぼくは、ちょっとむっとしたのをおぼえている。

「いい顔って、どんな顔？　どうしてこの写真の子どもたちはいい顔で、日本の子どもにはいい顔が少ないの？」

「うーん……そうだなあ」

とうさんは、腕組みをして、しばらくなにか真剣に考えていた。

「それはな、悠介。一生の宿題だ」

「一生の宿題？」

「そうだ。一生かかって考えることだ。とうさんも、一生考えて、いっしょうけんめい答えをさがす。悠介も、ずっと考えて答えを見つけてくれ。一生そういうことを忘れなければ、たぶん悠介もいい顔になる」

そんなやりとりをしたのは、五年生の秋。そしてその話はそこで終わった。

でも、ミンミンはとうさんと同じことをいった。

たしかに、写真の中の子どもたちの表情には、ぼくだって心を動かされるなにかがある。

でも、その「なにか」は、いったいなんなのだろう。

ぼんやり考えていると、ミンミンが、思いたったように、ぼくの目をのぞきこんでいった。

「悠介。悠介のおかあさんは、とても疲れているようですね」

「ど……どうしてそう思うの？」

「熱をだした子どもを、自分で看病しないからです」

「ミンミンが代わりに看病してくれていたから、安心してたのかもしれないけど……」

「それでも、母親は熱をだした自分の子をほうっておくのはいけません」

ミンミンはきっぱりという。

その言葉を聞いて、ぼくの目の奥が、ぼおっと熱く感じられた。

そして次にぼくの心にうかんだことに、ぼくはすこし興奮して、ミンミンの目をまっすぐに見た。

「ミンミン……ぼくもミンミンといっしょに大阪へ行っちゃだめ？」

8

ミンミンは最初、ぼくの提案におどろいたようすだった。

「悠介もわたしといっしょに大阪へ行くのですか？」

ぽかんと口をあいて、何度もまばたきをした。

ぼくは、自分の思いつきがとてもいいものに思えてくるのだった。

ぼくが熱をだしても夜おそく帰って寝室へ直行し、朝も早く家を出ていくかあさん。

とても疲れているのかもしれないけれど、でも、ほんとうのところ、かあさんはぼくなんか、いてもいなくてもいいんじゃないかと思えてくる。ほんとうにぼくを心配なんかしていないんじゃないか。

それにミンミンと大阪に行けば、ぼくはミンミンを家から追いだす必要はなくなるわけだ。

ミンミンは、考えこんでしまった。

「悠介が大阪へいっしょに行くのは、わたしはうれしいですが、おかあさんはなんというでしょうか」

「かあさんには直接いわないんだ。きょうはなにもいわずに、あした手紙を残していけばいいじゃない」

「は……い。手紙……ですか。んー」

ミンミンは眉毛のあいだに縦ジワをつくった。

「手紙はぼくが書くよ。短い手紙でじゅうぶんだよ。ミンミンがついてるんだから、なにも心配いらないよ」

「でも、わたしは、はじめて日本にきた外国人ですよ」

「でもりっぱな大人だし……ひとりじゃないんだから」

「そ……そうですねえ……」

「ね、ミンミン。早く大阪へ行っておにいさんに会いたいでしょう」

「ええ、ええ……それはもちろんですけど……」

「じゃあ、決まり！」

ミンミンは、いままで見せたことのない、まだ迷いの残る表情で、それでもあいまいにうなずいた。


ミンミンがほとんどかたづけてくれた部屋を、もういちど整理して、ぼくはスポーツバッグに着替えや洗面用具を詰めこんだ。

そしてかあさんへの手紙を書いた。それは手紙というよりはほとんどメモ書きに近かった。

ミンミンといっしょに大阪へ行くことにしました。
心配しないでゆっくり休んでください。　悠介

ぼくがそれを食卓の上に置くと、ミンミンはどういうわけか、とうさんの写真集をそのそばに積みあげた。そしてミンミンのおにいさんの住所と携帯電話の番号のメモを添えた。

旅費はミンミンがだしてくれるといったけど、貯金と、あらかじめもらってあった夏休み中の昼食代が、ぼくにもけっこうあった。

小麦粉のはいったソフトバッグは四日間でずいぶん軽くなり、広い東京駅の中を持ちあるいても、もうぼくの手は痛まなかった。

ぼくは、ミンミンが新幹線の速さや快適さにおどろくだろうと想像していた。ところが、車内の冷房と、窓があかず自然の風がはいらないことでミンミンはすっかり元気をなくしてしまい、せっかく車内販売で買ったうなぎ弁当も、やっ

と食べたくらいだった。

それでも、車両のドアの上を流れていく電光ニュースに、中国という文字があらわれると、ミンミンははっとして、そのニュースをじっと見つめた。前日に起きた強盗未遂事件の容疑者が中国人だというニュースだった。

「日本で、悪いことをする中国人がいるのですね。残念です。恥ずかしいです」

「でも、ミンミンみたいな人もいるし、北京では親切にしてくれた人もいっぱいいたし、それに……」

「それに？」

ちょっと迷ってから、思いきって切りだした。

「日本と中国は戦争をしたんでしょう。たくさんの人が死んだんだよね。靖国神社がどうとか、教科書がどうとか、ぼくにはチンプンカンプンだけど、いまでも日本と中国のあいだにはたくさん問題があるんでしょう。テレビのニュースだって、大気汚染やどこかの島の問題とか、ことあるごとに報じられてるし……。かあさんとはそんな話はめったにしないけど」

いってしまうと、ちょっとすっきりした。

「悠介……」

ミンミンは、すこしのあいだ、目をとじた。

「悠介。問題を解決するためには、まず、おたがいをきちんと理解することが必要です」

「理解すること？」

「そうです。過去のまちがいを、やりなおすことは不可能です。それよりも、いまわたしたちがしなければならないことは、おたがいの理解を深くすることです」

「ちゃんと勉強しろってこと？」

「いいえ。理解は、本を読んだからといって深まるものではありません。悠介とわたしのように、人と人とがおたがい心を通わせることで理解は生まれます。悠介、あなたは日本人です。わたしは中国人です。でも、悠介はわたしにとって、ほんとうの子どものように大切な存在です。大切だと思う心が、理解につながります。そして、理解が問題を解決していくのです」

ぼくは、なんだかほっとして、深く息を吐いた。新幹線は京都にとまり、窓から五重塔が見えると、ミンミンに笑顔がもどった。

「日本の古い木造建築ですね。悠介、北京の故宮博物院をおぼえていますか。あれは中国の建築です。日本の建築とはちがいますし、たとえば、庭の石などもちがいます。どういうものを美しいと感じるか、感じ方もちがうんです。それは、それぞれの国の自然や風土がもともとちがうからです」

「不思議だね」

「そうですね。でも、だからこそ、おたがいのちがいを尊重しなければならないと思いませんか？　まず、理解です」

ミンミンは、それからすこし声を低くしてつづけた。

「悠介のおかあさんとおとうさんは、もうすこしおたがいを理解しあわなければならないかもしれませんね」

新大阪の駅で出迎えてくれたミンミンのおにいさんは、ぼくの突然の来訪におどろくふうでもなく、目じりをさげてうれしそうに笑った。「ワンターミン」（王大明）という名前の読み方を新幹線の中でミンミンから聞いていたぼくは、素直に「ターミンさん」と呼ぶことができた。ほっそりした顔だちはミンミンとはあまり似ていなかったけど、いかにも親切で正直そうな雰囲気はよく似ていた。

「研修で二年間大阪に住むことになっています。せまいアパートですが、ゆっくりしていってください。楽しくやりましょう」

ミンミンとターミンさんは、中国語で短いやりとりをしたが、ぼくを気づかってほとんどの会話は日本語でしてくれた。

アパートへ着くと、持ってきた小麦粉をつかってミンミンが餃子をつくった。

北京の人たちはほとんど水餃子を食べるので、焼き餃子はあまり食べない。ミンミンは小麦粉を練って生地をつくると、それをビー玉くらいの大きさに丸め、一枚一枚、短い麺棒ですばやくのばしていく。ぼくもまねをしてみたけれど、なかなかうまくいかなかった。ターミンさんは手慣れたもので、まるで餃子製造マシーンみたいに餃子の皮をどんどんつくることができた。

「日本の小麦粉と中国の小麦粉は風味がちがうとミンミンにいったのは、ぼくですよ」

ターミンさんは笑ったが、小麦粉の味やにおいのちがいは、ぼくにもわかった。ミンミンのつくった水餃子は素朴で、小麦粉の味が甘く感じられた。中国の料理をつくるには、中国の土で育った材料をつかうのがいちばんいいのだろう。

水餃子を食べると、三年前、とうさんが撮影した北京郊外の農村の広大な麦畑の風景がふいに目にうかんだ。

でも、ほんとうのことをいうと、ぼくはターミンさんの携帯電話の着信音が鳴るたびに、かあさんからの電話じゃないかとドキドキしていた。

　かあさんは、食卓の写真集と手紙を見てどう思うだろう。もしかしたら気を悪くしてしまうだろうか。どっちにしても、いまのかあさんが変わってくれるきっかけになればいい。かあさんが電話をしてきたら、「ゆっくり休んで、ぼくの気持ちもよく考えて」って、そういうつもりだった。

　だからいちいち着信音がするたびに緊張した。

　でも、けっきょくその日、かあさんからの電話はなかった。電話がないと、今度はかあさんのことがすこし心配になった。ひとりで思いつめているかもしれないと。

　でも、さすがに二日目の朝七時すぎに、ターミンさんが電話に出たとたん、それがかあさんからだとすぐにわかった。

「ええ……いえいえ。悠介くんは元気にしています……どういたしまして……悠介くんと代わりましょうか？」

身がまえたぼく。けれど、ターミンさんは、そのまま電話を終えてしまった。かあさんは、よろしくお願いしますとかんたんなあいさつをしただけで、ぼくに代わる必要はないといったのだそうだ。

そうなると、すこし腹がたってきた。かあさんはぼくの気持ちなんて、どうでもいいんじゃないか。ぼくがかあさんを心配するほど、かあさんはぼくを心配していないのかもしれない。

ミンミンはそんなぼくの気持ちを察して、

「おかあさんはきっといろいろ考えているのでしょう。きっとまた電話をかけてきますよ」

といった。ぼくは、コンビニで「少年ガンバ」の最新号を買った。気をまぎらわすにはマンガかゲームと相場はきまっている。

「アイヤー！　悠介！　すこしからだを動かすほうがいいです。わたしといっしょに、晩ごはんの材料を買いにいきましょう。肉をたくさん買って、焼肉を食べましょうか。そうそう、バオビンを焼いて焼肉を巻いて食べるとおいしいですよ。今晩はそうして食べましょう」

ミンミンは気のりしないぼくの腕をひいて、スーパーへ行き、買い物かごを肉でいっぱいにした。いつもなら健康を気づかったおかずをつくるミンミンも、この日は特別といわんばかりに盛大にジュージュー肉を焼き、次から次へとバオビンに巻いてぼくに手わたす。

これじゃあまるで過保護な母親みたいだと思ったけど、牛肉を巻いたバオビンはおいしくて、手わたされるままにバクバク食べる。

おなかが満たされると、不思議に気持ちが落ちついてくる。

「悠介はもっと、たくさん食べてもうすこし太ったほうがいいですね。背もこれからどんどんのびて、すぐにわたしが見あげるようになるのでしょうね」

ミンミンはそういうと、大げさなくらい笑顔になって、自分もバオビンをほおばってから、ずずっと鼻をすすった。

三日目は土曜日だったので、ターミンさんがユニバーサルスタジオに行こうといった。ぼくはあまり気がのらなかったけど、ミンミンがどうしても行ってみたいというので、行くことにする。

アトラクションに乗って「アイヤー」と大声をあげるミンミンの横で、ぼくの気持ちはさめていた。中国からの観光客はたくさんいて、ミンミンも大勢のなかのひとりって感じだったから、ぼくもなんとなく気が楽だったけど、ミンミンのリアクションの大きさはやっぱり人一倍なのだ。

ターミンさんが、はしゃぎすぎるミンミンをたしなめる。

ぼくは、幸せそうな家族連れにやっぱり目がいってしまう。

そして大阪にきて四日目。かあさんからの二度目の電話はないし、二部屋だけのターミンさんのアパートにとじこもっていると気持ちがふさぐといって、ミンミンが切りだしたのは、また海へ行くことだった。

「千葉の海に行ったとき、悠介はわたしにいいました。日本の海はほんとうはもっときれいだって。悠介と、きれいな海を見にいきたいです」

「じゃあ、特急列車で紀伊半島を和歌山のほうに行くといいですね。わたしもいちど行きましたが、砂浜の砂が白くて海の色がとてもきれいでした」

ターミンさんが、本棚からガイドブックをだしてきた。

ぼくは、なにもする気が起きなかった。かあさんがなにを考えているのかわからなかったから、いつまでもすっきりしない。なんだか見捨てられたようで、むしゃくしゃする。

「悠介。きれいな海を見にいきましょう」

ミンミンはすっかりその気になってしまい、あれこれと準備をはじめた。ぼくはしかたなく、ミンミンにつきあうことにしたが、気が重かった。

特急列車が二時間も南へ走ると、別世界みたいな海辺の風景が、窓の外にひろがった。

「悠介。ほんとうに美しいですね。海が宝石のようにかがやいています」

ミンミンは感激(かんげき)している。

ぼくの目には海の色が明るすぎて、よけいに気持ちがねじまがってしまう。

ミンミンが、ガイドブックを見て、おりる駅(えき)を決めた。どうやら駅と海岸(かいがん)がいちばん近い駅にしたようだった。

小さな駅で列車(れっしゃ)をおりると、海岸までの道沿(みちぞ)いの店に、色とりどりの浮(う)き輪(わ)やビーチボールが束(たば)になって下(さ)げられている。そのあいだを十分ほど歩くと、エメラルドグリーンの海が目の前にひろがった。

千葉(ちば)の海にくらべると人は少なかったが、それでも日曜日とあって、浜辺(はまべ)はけっこうにぎわっている。

「アイヤー。悠介(ゆうすけ)! ほんとうに、きれいですねえ」

ミンミンは、千葉の海のときと同じように、革靴(かわぐつ)をぬいではだしになり、波打(なみう)ちぎわへむかって歩きだした。砂(すな)が熱(あつ)いのだろう。ひょこひょこと、つま先(さき)で歩いていく。

虹色のビーチパラソルの下でジュースを飲んでいた男の子が、ミンミンを指さしてなにかいおうとした。となりにいたおかあさんが、あわてて男の子の口をおさえた。

するとそのすぐそばで寝そべっていた高校生ぐらいの女の人たちが、起きあがってミンミンに注目し、ヒソヒソと耳打ちをはじめた。

「やっぱ、なんかなあ。恥ずかしいよな」

ぼくは砂浜へおりていく石段の途中に立ったまま、つぶやいた。ミンミンがなんといおうと、どう見ても場ちがいだった。水着とサンダルでなくたっていいから、せめてもっと海らしい服を着てくれればいいのに。

砂浜に穴を掘ったり、カニを追いかけたりしている子どもたちが目にはいった。すると、ぼくの中でねむっていた遠い記憶の中の出来事が、まるでカメラのピントを合わせるように、だんだんあざやかになっていった。

そうだ。ぼくにも、こんなときがあったんだ。何年前だろう。幼稚園に通って

いたころだろうか。カニがほしくて、追いかけて、捕ろうとして、はさまれて痛くて泣いたんだ。カニがぼくの手から逃げだして、どんどん遠くへ行ってしまうのがくやしくて悲しくて、大声で泣いた。

泣いてたら、とうさんが走ってきて、逃げていくカニをつかまえてくれたんだ。つかまえたカニを、ぼくの青い小さなバケツに入れて、それから、

「ほら、悠介。カニはこうしてつかむとはさまれないんだ」

って、カニのつかみ方を教えてくれたんだ。

かあさんは、ビーチパラソルの下で、ぼくたちを見て笑ってた。そうだよ、かあさんは、目を細くして、笑ってたんだ。あんなふうに笑うかあさんを、ぼくはもう何年も見ていない。かあさんが笑わなくなったのは、いつごろからだっただろう……。

鼻の奥が、ツーンとして、目の奥が熱くなった。

9

にじんだ視界の中で、両手に革靴を持ったミンミンが歩いてくる。ひざまで折りあげた黒いズボンのすそからのびる砂だらけの足。歩いてくるミンミンを追ういくつもの視線の先が、ぼくに移る。

もうやめよう。もうたくさんだ。

「悠介。どうしましたか」

ミンミンは、自分にむけられた視線など、気にもとめない。どうしてそんなふうでいられるんだろう。

「ミンミン……」

プツン、となにかが切れた。

「やっぱりぼくは帰る」

「悠介？」

ミンミンは、眉のあいだにシワをよせて、ぼくの顔をのぞきこんだ。

「こんなところにきたって、どうにもならないし、うれしくも楽しくもない。ぼくは帰る」

「悠介。帰るって……大阪へもどるのですか……？」

ミンミンのメガネの奥の目の色がどんどんくもっていくのがわかる。でもぼくの口からは、大きな感情のうねりにまかせて、どんどん言葉が吐きだされていく。

「大阪じゃない。千葉に帰る。こんな家出のまねをしたって、なにも変わらない……。大人はみんな勝手だよ」

涙が、ひと粒こぼれた。ひと粒こぼれたら、もうひと粒。次から次へとあふれてくる。

「悠介……」

うろたえるミンミンに、ぼくは次々に言葉を投げつけた。

「そうさ。みんな、自分だけよければいいんだ。ミンミンだって、そんなやぼったいかっこうで革靴のままビーチにきてさ。ここは北京の学校じゃないんだからね。いっしょにいるぼくの気持ちなんて、ぜんぜん気にもしないじゃないか。みんな……みんなもう、うんざりだ！」

いつものぼくじゃない、もうひとりのぼくがいるみたいだった。

ぼくは呆然と立っているミンミンを残して、からだを反転させ、駅への道をかけだした。

いちどもふりむかなかった。ふりむけなかったのだ。

駅の券売機で、ぼくはひと駅分の切符を買った。大阪方面行きの列車がくるというアナウンスが聞こえたし、あとで精算できることくらい知っていた。

すべりこんできた列車にとび乗った。シートにもたれ、ガタン、ガタンという一定のリズムに身をまかせると、たかぶっていた気持ちが、すこしずつ、すこしずつ、しずまってくる。

ターミンさんのアパートに行って、荷物をとったら、新大阪に行って、新幹線に乗ろう。もう、千葉へ帰ろうと決めたのだ。

アパートに着き、ぼくはすこしためらってから、思いきって玄関のチャイムを鳴らした。心配そうな顔をしたターミンさんがすぐに出てきた。

「ミンミンから電話がありました。心配していましたよ」

「すみません。でも、ぼく、これから千葉へ帰ります。お世話になりました」

ちょっと長いひとり旅だけど、どうにかなるだろう。切符代もぎりぎりまにあいそうだった。ぼくはターミンさんにぺこりと頭をさげ、洗濯してベランダに干してあった自分のTシャツや下着をはずし、スポーツバッグに詰めこんだ。

「悠介くん……」

バッグのファスナーを引きおえたとき、背中のすぐうしろでターミンさんの声がした。

「お話があります」

ぼくがゆっくりふりかえると、ターミンさんはまだちょっと迷っているふうで、しばらくだまっていた。でもやがて思いきったように、ゆっくりと語りはじめた。

「ミンミンには、悠介くんと同じ年の子どもがいたのです」

「え？」

思わず声がもれた。

「悠介くんによく似ていました。性格も、悠介くんのように、おとなしくてがまん強い男の子でした」

そこまで話してしまうと、ターミンさんはふと肩を落として、壁にもたれかかった。

「その子が天国に行ったのは、ミンミンが北京で悠介くんに出会った年の二年前です。そのころミンミンは、じつは小学校の先生をしていました。ある夏の日、子どもが通っている小学校から電話がありました。子どもが高熱をだしたという連絡でした。でも、悠介くんも知っているように、ミンミンはまじめな性格です。自分は仕事があるし家族もすぐには行けないので、そのまま寝かせておくようにいったのです」

「それで、助からなかったの？　たった半日くらいなのに？」

「そうです。ミンミンが迎えにいったときにはもう、意識がない状態だったのです。とても暑い日で脱水症状をおこしていました。手おくれでした……」

アパートの窓の下で、遊びまわる子どもたちのはしゃぐ声がした。

「それで、ミンミンは、先生をやめてしまったの？」

ターミンさんは二度うなずいた。

「子どもたちを見るのがつらかったのか、自分を許せなかったのか、とにかくミンミンは学校の先生をやめました。そして、一年ほどしてからいまの仕事を紹介してもらい、なにか新しいことを励みにしようと、日本語の勉強をはじめたのです」

はじめてミンミンに会った、北京の朝のことが思いだされた。太極拳をしたんだったっけ。

「悠介くん」

ターミンさんはゆっくりと言葉をつなげた。

「ミンミンとわたしが育ったのは、遼寧省の瀋陽というまちです。そこは、かつて、戦争中、日本軍が支配していました。当時は奉天といいました。わたしたちの両親はまだ子どもでしたが、祖父は当時のことをよくおぼえていて、生前ときどき戦時中の話をしてくれました」

「……日本人に……ひどいことされたの？」

「いいえ。少なくともうちの祖父とつきあいのあった日本人は、いい人たちだったそうです。祖父は書道をやりますが、うちに出入りしていた日本のひとも、書道が趣味でした。おたがいの文化の交流がたいへん楽しかったと、祖父はよくいっていました。もちろん、戦争中、いたましいことはいろいろあったのです。でも、人と人との深い友情もたしかにありました。

一九八七年でした。その日本人は当時八十五歳だった祖父に会うために、わざわざ日本から瀋陽へきたのです。四十三年ぶりの再会に、祖父は涙を流してよろこびました。そんなことがあって、わたしは日本に興味をもち、日本語の勉強もはじめたのです」

となりの部屋の風鈴の音がかすかに聞こえた。

「ミンミンは、悠介くんとの出会いを心からよろこんでいました。日本の友人でもあり、なくした息子のようだったのかもしれません。悠介くんから手紙がとどくたびに、わたしによく自慢したものです。ミンミンの性格は中国語で表現すると、『直』という一文字です。まっすぐなんです。まっすぐすぎて、悠介くんをおこらせてしまったかもしれません。でも、許してやってください」

ターミンさんのおだやかな声を聞いていたら、ぼくはまたちょっと泣きたくなった。

　そのとき、ターミンさんの携帯電話が鳴った。ミンミンからだった。ぼくを千葉へ帰さずアパートにひきとめておいてほしいと、何度もくりかえしているようだったが、ターミンさんが途中から中国語で話しだしたので、なにをいっているのかわからなくなる。

　ぼくは途方にくれて時計を見た。午後三時をすぎたところだった。

「いまから帰ったら、家に着くのは、そうとうおそくなります。小学生がひとりで歩く時間じゃない。おねがいですから、きょうはここでミンミンを待ってください」

　ターミンさんの説得は正しいといえた。気がついたら、昼食を食べていないせいで、おなかもキュルキュル鳴っている。

でも、帰ろうと決めたのに、ここでくじけるわけにいかなかった。

「ターミンさん、いろいろありがとう。でも、もう決めたんだから……」

そこまでいいかけたとき、ふたたび携帯電話が鳴った。

「ああ……はい。いえ、どういたしまして。悠介くんはここにいます……」

ターミンさんがぼくに携帯電話をさしだした。受けとって耳にあてる。

「悠介か……。聞こえてるか？　とうさんだ」

「とうさん……？」

まさかの展開に、心臓がバクバク鳴る。

「そうだよ。かあさんから連絡があったんだ。いまそっちにむかっている。夕方には着くから、待っていなさい。いいね？」

「いまから千葉に帰ろうとしていたんだけど……」

「そんなことをしたら、すれちがいになってしまうよ。パソコンで住所の地図も見たからだいたいの場所はわかるけど、そうだな、駅まで迎えにきてくれないか。駅に着いたらまた電話するよ」

ぼくは、すこし迷ってから、小さくつぶやいた。

「わかった……」

ターミンさんの表情がゆるんだ。ぼくはいちど持ちかけたスポーツバッグを床に置いてすわると、とうさんがくるということについて、すこし考えてみた。かあさんは、とうさんに、なにをどう話したのだろう。

「とうさんがここにむかっているので、駅まで迎えにいきます」

伝えてしまうと、からだの力が急にぬけてしまった。

「よかった。途中でミンミンに会うかもしれないですね」

ターミンさんは、ほっとしたようすで冷蔵庫から麦茶を取りだし、コップについでぼくにさしだした。

麦茶を一気に飲みほす。汗ばんだからだの中を、冷たい麦茶がすうっと落ちていくのが気持ちよかったけど、なんだか落ちつかない。

それからターミンさんは、台所の棚からビスケットをだしてすすめてくれた。

ミンミンのことをもうすこし話してみようと思ったけれど、なにをどう話せばいいのかわからなかった。ミンミンの生きてきた時間の中で、ぼくがどんな場所にいたのか想像する。ミンミンは、どんなふうにぼくを見ていたんだろう。

とうさんがくる。とうさんと会うのも、考えてみればひさしぶりだ。とうさんにも、なにをどういえばいいのか、いまいちわからなかった。

いろいろな思いが、ぼくの中で行ったりきたりした。

すこしたって、足音が聞こえた。カツン、カツンという聞きなれない靴音だ。ノックにこたえてターミンさんがドアをあけると、立っていたのはミンミンだった。

「駅前で靴を買いました。どうですか。これなら、悠介は、恥ずかしくないでしょう」

ミンミンの足には、銀色のしゃれたサンダルが光っていた。左手にさげた紙袋には、ぬいだ革靴がはいっているようだ。

「悠介の気持ちに気がつきませんでした。悠介に申しわけなかったです。海に行くにはこういうサンダルが似あいます。洋服も買おうと思いましたが、時間がなくて……」

服が地味なのに、サンダルだけが浮いて見えたが、ミンミンの気持ちはうれしかった。

「ミンミン、あやまらなくちゃいけないのはぼくだよ。あんなこといっちゃって、ミンミンの気持ちも考えずに……」

あやまってしまうと、胸がすっとした。

「いいえ。わたしがわるかったのです。それより、まにあってよかったです。悠介が千葉にむかってしまってからでは、追いつけません」

ミンミンは胸をなでおろしている。

「ほんとうはもうアパートを出ているはずだったんだ。でも、とうさんから電話がきたんだよ。こっちにむかっているんだって」

ミンミンは目を大きく見ひらいて笑顔をつくった。

「おとうさんが、大阪にくるのですね。アイヤー。よかったです」

「もうじきまた電話がかかってくるでしょう」

ターミンさんがつけくわえた。

ミンミンは砂のついた革靴を紙袋からだして玄関のたたきにならべると、サンダルをぬいで部屋にあがり、旅行バッグからハンカチを一枚ひっぱりだすと、ひたいにうかんだ汗をふいた。

「あ……」

声がもれた。

「そのハンカチ……」

ミンミンが手に持っていたのは、あの日、ベランダからぼくが落とした赤いハンカチにそっくりだった。

10

「このハンカチが、どうかしましたか?」

ミンミンは不思議そうな顔で、ハンカチをひらいてみせた。

「これは、悠介のマンションの下の公園で、朝、散歩中に拾ったんです。泥だらけになっていたけれど、以前わたしがなくしたものにそっくりだったので、よく洗って使っていました。おかあさんのものでしたか?」

「それ、おかあさんのだとばかり思っていたけど、そういえば……」

頭の中に、古い記憶がぼんやりとうかんできた。

「それは、ハンカチではありませんね。中国の子どもたちが首に巻く、スカーフですよ」

ターミンさんがいった。

北京での最後の晩の記憶が、ぼくの頭の中でむっくりと目をさました。

そうか！　そうなんだ！

ミンミンが、

「中国の子どもたちは、こんなスカーフを巻くんです」

といって、ぼくの首に巻いてくれたスカーフだ。

きっと、ぼくがうっかりポケットに入れて持って帰ってしまったんだ。

……っていうことは、これって、もしかしたらミンミンの子どものものだったのかな？

赤いシルクのスカーフは、ミンミンのもとに帰るために、あの日、ぼくの手の中から、ふわりと逃げていったのかもしれない。

そんな気がした。

ぼくは、はっとして、あわてて首をふった。

「ごめんね。ぼくが三年前、うっかりミンミンの家から持って帰っちゃったんだね。このあいだ、洗濯して干してあったのを、ベランダから落としちゃったんだよ。雨が降りだしたから、あわててたんだ」

ミンミンがおどろいて、スカーフを見つめた。そしてちょっと目をとじて、スカーフを頬にぎゅっと押しあてた。


いつのまにか、西の窓から光がさしていた。

しばらくして、ターミンさんの携帯電話が鳴った。とうさんからだった。ぼくは、スニーカーをはき、駅への道を急いだ。

改札口に立っていたとうさんは、すこしやせたように見えた。

「ちょっと、冷たいものでも飲もう」

とうさんはぼくをうながして、駅前の喫茶店にはいり、自分はアイスコーヒーを注文した。ぼくはすこし迷ってから、コーラをたのんだ。

喫茶店にはほかに三組のお客さんがいて、それぞれ笑ったり話しこんだりしていた。

「なあ、悠介……」

とうさんはいつになくゆっくり話をはじめた。

「ミンミンさんと大阪にくるといいだしたのは悠介か？」

ぼくは、だまって下をむき、それからこくんとひとつうなずいた。

「でも、かあさんもかあさんなんだよ。ミンミンに出ていってもらえなんていうし、ミンミンには悪気はないし……。ぼくが熱をだしても残業してくるし……。大阪にきたって、電話一本よこしただけだし……」

「うん。そうだな。悠介の気持ちもわかるよ。かあさんをあそこまで頑なにしてしまったのは、とうさんかもしれないな。なあ、悠介。じつは……かあさん、悠介が大阪にきてから体調をくずして寝こんでるんだ」

「えっ……？　かあさんが？」

「ああ。いまはすこし落ちついているけど、家事も手につかなくなってしまったらしい。精神的なものが原因だといわれたようだ。だからとうさんが悠介を迎えにきたんだ。考えてみれば、かあさんを追いつめたのはとうさんなんだ。悠介も、いやな思いをしたと思う。すまなかった」

ぼくにむかって頭をさげたとうさんは、ひとまわり小さく見えた。

「じゃあ、これからどうするの？」

「うまくいくかどうかわからないけど、とにかくまた三人で暮らそう。今度は、もうすこしかあさんの気持ちも考えて、意地を張らずにおたがい理解しながらやっていければいいと思うよ。それには悠介の協力が必要だ。よろしくたのむよ」

ぼくは、また三人で暮らせると思うと、胸の奥がこそばゆくなった。それから、あったかいものがこみあげてきた。

「ミンミンにも報告しなきゃ。きょうはとうさんも大阪に泊まるんだよね」

「ああ。これからミンミンさんとおにいさんのところに行って、お礼をいわなきゃな。ミンミンさんに気づかされたことがたくさんあったよ」

とうさんは、氷がぶつかる音をさせながら、アイスコーヒーを一気に飲みほした。ぼくもそれにつられてコーラを飲みほし、席を立った。

アパートに着くと、ターミンさんとミンミンはふたりで小麦粉にまみれていた。水餃子とバオビンを両方つくるのだといって、ちょうど生地を打ちはじめたところだった。

とうさんは、何度もお礼をいって、それから餃子づくりを手伝おうとしたが、台所がせまいからとことわられた。

ミンミンは、いそがしく手を動かしながら、

「アイヤー！　ほんとうによかったねえ」

をくりかえしている。大輪のひまわりみたいな笑顔のまま。

ぼくは思う。

この夏が終わっても、いつかまた、この笑顔に会いに、中国へ行こう。まっすぐな地平線を見にいこう、と。

とうさんが、かあさんに電話をした。あした帰るといって、からだの具合をきいて、ゆっくり休むようにいって、そしてぼくに携帯電話をわたした。

「かあさん……」

と、声をかけるとかあさんは、

「悠介……」

とぼくの名前を呼んだだけで、話はとぎれた。

「あした、とうさんと帰るからね」

それだけいって、話を終えた。あとは、会って話をすればいい。


バフン！

ターミンさんが調理台の上で生地を打つと、まっ白な小麦粉がふわーっと舞いあがった。

おおらかな、遠い大地のにおいがした。

著者
森島いずみ *Izumi Morishima*
秋田県に生まれる。通訳業のかたわら児童文学を書きはじめ、『パンプキン・ロード』（学研教育出版）で、第20回小川未明文学賞大賞受賞。『あの花火は消えない』（偕成社）で、第63回産経児童出版文化賞フジテレビ賞受賞。原発事故があった福島県から山梨県に移住し、現在に至る。

画家
はぎのたえこ *Taeko Hagino*
福岡県に生まれる。オイルパステルによるあたたかく、なつかしさを感じる画風で活躍。第四回イラストレーション通信イラストレーション・コンペ金賞受賞。作品に『伝説のエンドーくん』（小学館）、『誓約』（幻冬舎）、『渡り女中お家騒動記』（大和書房）、中学校国語教科書表紙（東京書籍）ほか。

この作品は、第15回小川未明文学賞優秀賞
「ニイハオ！　ミンミン」を加筆修正したものです。

まっすぐな地平線

発行　二〇一七年十月　一刷
　　　二〇一八年七月　三刷
著者　森島いずみ
発行者　今村正樹
発行所　偕成社
〒一六二−八四五〇　東京都新宿区市谷砂土原町三−五
電話〇三−三二六〇−三二二一（販売部）
〇三−三二六〇−三二二九（編集部）
http://www.kaiseisha.co.jp/
印刷　三美印刷株式会社
製本　株式会社常川製本

NDC913 142p. 20cm ISBN978-4-03-727260-9
Published by KAISEI-SHA. Printed in Japan.
乱丁本・落丁本はおとりかえいたします。
本のご注文は電話・ファックスまたはEメールでお受けしています。
Tel : 03-3260-3221 Fax : 03-3260-3222
e-mail : sales@kaiseisha.co.jp

あの花火は消えない

森島いずみ・作
丹地陽子・絵

母親の長期入院のため、小学五年生の透子は、小さな海辺の町で祖父母と暮らすことになった。そこのはなれに「ぱんちゃん」とよばれる自閉症の青年が引っ越してくる。絵が得意な彼は、なぜか海の近くの坂道ばかりを描いている。すこし風変わりな女の子と、自閉症の青年が出会い、共有する時間。夏の光に照らされたその時間のなかで、無我夢中で日々を送り、何かを得て、そして失う物語。